谨以此书

庆祝建党一百周年和全面建成小康社会

一九四六年六月，国民党反动派在美帝国主义的支持下，撕毁《停战协定》和政协决议，悍然发动对解放区的全面进攻。中国共产党领导解放区军民英勇自卫，开始了伟大的人民解放战争，并取得最终胜利。

岛碑

DAO
BEI

于厚霖——著

北方联合出版传媒（集团）股份有限公司

万卷出版公司

图书在版编目（CIP）数据

岛碑 / 于厚霖著 . -- 沈阳：万卷出版公司，
2021.5
ISBN 978-7-5470-5632-5

Ⅰ . ①岛… Ⅱ . ①于… Ⅲ . ①长篇小说—中国—当代
Ⅳ . ① I247.5

中国版本图书馆 CIP 数据核字（2021）第 056326 号

出版发行：北方联合出版传媒（集团）股份有限公司
　　　　　万卷出版公司
　　　　　（地址：沈阳市和平区十一纬路 25 号　邮编：110003）
印　刷　者：沈阳枫美印刷包装有限公司
经　销　者：全国新华书店
幅面尺寸：145mm×210mm
字　　　数：180 千字
印　　　张：7.75
出版时间：2021 年 5 月第 1 版
印刷时间：2021 年 5 月第 1 次印刷
责任编辑：朱婷婷
责任校对：高　辉
装帧设计：丁末末
ISBN 978-7-5470-5632-5
定　　　价：39.80 元
联系电话：024-23284090
传　　　真：024-23284448

目录
contents

島碑
DAO
BEI

第 一 章

再见了，贝城

一

"快！跟上！快跟上！……"

走在前头的副区长曾达成扭头向后看，见队伍拉得太长，中间断开了。他停下，侧身，退后一步，让背着简单行李卷和长枪、扛着粮袋的区中队战士们走到前面，然后挥着手，敦促后面的人。

后面的人，也都手提肩扛，气喘吁吁。这些非战斗人员体力略差，与区中队的人拉开了几十米的距离。平均每人背四五十斤粮食和其他随身用品，按说负担不重。可是从区政府到交通船停泊地蚬子窝铺，有一千多米远，其中山崖下的卵石滩占了半程。因年龄和体力的原因，距离就渐渐拉开了。

年纪偏大的炊事员姜师傅还背了一口大黑锅。出发前，姜师傅哈腰从灶上摘锅时，副区长曾达成看见了。曾达成说："锅一摘，露出大坑，像嘴一样嚓嚓着挺难看，回来再安锅时还得和泥抹，多费事；我们到了哪里，都可以用老乡家的锅灶，锅还用背？"姜师傅犹豫了一下，说："听延区长的意思，得有打游击的准备，一旦我们去的地方离住家远，荒山野岭的，吃饭就成了大问题。"曾达成笑了，说："不嫌费事就背着吧。"

身材矮壮的姜师傅背着一口铁锅，背凸腰弯，像一个行动不便的罗锅，蹒跚着，落在了最后。

副区长曾达成逆着队伍行进的方向小跑着迎向姜师傅，要替他背锅。笑口常开的姜师傅把绑锅的绳子拽得更紧，喘息着笑道："不用管我。这老胳膊老腿，背一口锅还成……"曾达成不由分说，从姜师傅背上解下黑锅，背到自己身上。铁锅的高度上升了，像从土墙上爬到了电线杆上。曾达成感觉铁锅并不太沉，但后背极不舒服。

姜师傅卸下铁锅，因为突然轻松而趔趄了一下。副区长曾达成扶了姜师傅一把，然后肩膀向上耸了耸，让铁锅上面的箍贴近脖子的凹处，锋利的边沿又没有割到皮肉，感觉舒服了一些。他对姜师傅说："你不用着急，走急了别磕着，我们得快些！"

曾达成背着铁锅，迈开大步，追赶稀稀拉拉、越抻越长的队伍。

姜师傅边快步跟上，边从腰间抽出烟袋，从烟荷包里挖出一锅烟末，将烟袋叼在嘴上，点着了火，狠吸了一口。

山崖下的小路崎岖难行。队伍顺着山崖的走势，扭成了"S"形。每一脚都踩在或圆滑或有棱角的石头上，硌得脚心疼。

再见了，贝城

有一段近百米长的沙石滩，松散的沙石被海浪抚成斜坡，看似平坦，但不扛踩，落脚向下陷，迈步朝后跐，每前进一步，就退后小半步。负重走过，更是累上加累，慢如蜗牛，只闻一片踩踏沙滩的"昂刺昂刺"声。

蚬子窝铺到了。黑褐色陡崖下面是一片起伏的礁石，模样古怪，像一群动物雕像。大家在矮礁上就地放下粮袋行李等物品，区中队的人解下长枪，斜着依在粮袋上，枪口冲着天空。四十多人散布在高矮凸凹、表面生满马牙子（藤壶）的礁石上，有的伸缩着胳膊缓解疲累，有的掀起衣襟扇着风驱赶汗水，有的干脆席礁而坐让双腿舒服一些。这一路太难走，把大家累坏了，这会儿都不走动了，定格成一群雕塑。

副区长曾达成望着远处滩涂上渐渐漫上来的泛着白光的潮水，估算着潮水涨到蚬子窝铺的时间，说，抓紧装船！再有一袋烟工夫，潮就上来了！

礁石上的"雕塑"立即"活"了。大家活动了一下腿脚，热热身。副中队长皮立巍率先挽起裤腿，哈下腰，抓起一袋粮向上一送，粮袋就落到了肩上。

曾达成瞧在眼里，想阻拦。皮立巍体质略差，又是干部，一路上扛着粮袋，比别人更吃力。这时候就算不扛粮包装船，别人也说不出什么。曾达成转念一想，就让他身先士卒吧。他自己也赶紧抓起一袋粮，裤腿也没有挽好，就走下海滩。

战士们依次抓起粮袋，扛在肩上。

皮立巍扛着粮袋在海滩上走了几步，一回头见曾达成跟了上来，就说："曾区长！这点儿活儿不用你干啊。这么多人手呢！"

曾达成说："能上的都上，赶早不赶晚，潮水上来了就只能干瞪眼。"

曾达成说得没错。区政府的木帆船搁浅在离岸几十米远处。他们必须抢在潮水涨上来之前，涉滩把粮食等物资装到船上。潮水涨上来之后，装船将非常困难。

二

此时，区委书记兼区长延崇诚和区政府部分工作人员、区中队干部、战士共十几人，正在区政府的四合院里召开群众大会。到场的群众有数百人，还有几名日伪时期的汉奸和地主恶霸。四合院挤得满满当当，一眼望去黑压压一片。七八个背枪的战士分散站在人群外围警戒。

延崇诚的公开身份是区长和区建国民主联合会会长。鉴于当时的特殊情况，本地区共产党组织和党员身份不公开，党组织对外称"民联会"，书记称"会长"。习惯上，人们称延崇诚为区长而不称会长。日伪时期的"会长"，老百姓恨之入骨。

延崇诚两侧站着区中队长那光涛、区妇女主任伊翎韵及区农会会长邢家发。延崇诚身材细高，相貌英俊，面部瘦出了棱角，又背着匣子枪，自带几分威严。那光涛挎着短枪，穿一身灰色旧军装，显得敦实，有一股虎气。邢家发是憨厚的国字脸，牙齿紧咬，腮帮就有些突出和僵硬。伊翎韵戴着一顶没有帽徽的灰色军帽，作为荣耀的标志，帽子前面两颗纽扣留下的痕迹清晰可见，帽檐下的眉宇间透出一股英武之气。他们拉开间距，一字排开，站在瓦房前面的台阶上，像房子的四根立柱。通信员小谷子靠后，站在延崇诚一侧的屋檐下。

区政府和区中队驻地的这座四合院，是贝城岛中心区域"大盐场"最宏大的建筑群，也是日本侵略时期贝城岛"会事务所"办公的地方。日本投降后，东北未及时接收，安河一带仍由伪政权改头换面执政，名曰"维持会"，其实是"换汤不换药"，依旧欺压百姓，岛上民不聊生。当年九月，从胶东渡海北上的八路军挺进东北先遣支队解放了辽南，成立县区村三级人民政权组织。延崇诚率部分工作人员和区中队武装人员进驻海岛，宣传党的政策，层层发动群众，建立区公所（后改称区政府）和农民会、渔民会、妇女会、职工会、民兵队、儿童团等组织及贝城岛上六个村的村级政权组织，开展斗争汉奸恶霸和减租减息工作，人民群众扬眉吐气。延崇诚还带领工作队乘船去贝城区所属的尖山岛（当地人称"南岛"）、海盘车岛（当地人称"东岛"）建立村级政权。经过大量工作，罪大恶极的汉奸和恶霸地主已被镇压，各岛青年热情高涨，已有上百人报名参军，有的加入区中队，更多的跟随先遣支队，在解放辽南之后继续北上。接下来，政策性极强的土地改革是重头戏，区政府的工作千头万绪。偏偏在这个时候，内战爆发，形势逆转。昨天下午，安河县委交通员禹平到贝城岛传达县委指示，鉴于国民党军队大举进犯辽南，我军大部队已经北上，靠县大队不足以抗衡敌军，县委决定战略转移，要求贝城区机关干部和区中队人员速到安河镇与县机关和县大队会合，一起撤离……

撤离之前要做好准备和善后工作。延崇诚决定次日出发，让禹平速回安河复命。当夜，延崇诚安排人到各村通知，次日上午在区政府召开群众大会。

想到撤离之后，贝城岛不知道会发生什么变故，延崇诚心情异常沉重。

"乡亲们！由于国民党反动派发动内战，我们不得不暂时撤退。但是，我们很快就会回来的！国民党军没有什么可怕的。他们有枪有炮，我们也有！"

说着，延崇诚从腰间抽出驳壳枪，枪口冲天挥了挥。

"我们已经翻身解放了，有共产党撑腰，什么都不用怕！要挺直腰杆，保卫斗争成果，决不退让，最后胜利一定是我们的！"

延崇诚话音刚落，妇女主任伊翎韵又大声补充："妇女姐妹们！我们要勇敢，坚强，又要注意保护自己！相信革命一定会胜利！我们一定会过上美好的生活！"

延崇诚赞许地看一眼伊翎韵，又把目光扫向人群边缘那几个或战战兢兢，或蠢蠢欲动的伪官吏和地主渔霸。他们都民愤极大，因为没有血债，只是被批斗，待进一步清算。其中一个穿长衫、留胡须、戴着黑色瓜皮帽的，表情里藏着窃喜。延崇诚认出，那是岛上大地主、大汉奸吴乐山的堂弟兼管家，绰号"吴小鬼"。

"你们几个，不要以为国民党军要来了，有靠山了！减租减息，土地改革，是决不会动摇的！你们如果有谁胆敢反把倒算，欺压人民，被枪毙的那几个人，就是你们的下场！"

区中队长那光涛小声说："区长！时间不早了。"

区农会会长邢家发扭头朝东看了看天，像一张白饼一样的太阳已经悄无声息地挂在瓦房伞字顶屋脊的斜坡上："今天是十一点多钟满潮，现在已经涨到半架了。"

"好！"延崇诚大声对会场的群众说，"散会！"又小声对身边的人说，"出发！"

三

区长延崇诚、区妇女主任伊翎韵、区中队队长那光涛、区农会会长邢家发、区政府通信员小谷子及区中队部分战士共十几人匆匆走出四合院，在群众依依不舍的目光中迈开大步，转过墙角。他们抬眼，就望见了北面蚬子窝铺岸上的悬崖。

总感觉落下了什么。延崇诚略一迟疑，落后了几步。

落下了什么？文件都在。枪和子弹都在。是自己多虑啦？

"区长!"伊翎韵转头看着脚步迟缓的延崇诚,"怎么啦?"

"哦,没什么。潮水还没有涨上来,抄近路!"延崇诚说。

抄近路,就是走区政府房后盐田上的土坝。

从大盐场到蚬子窝铺,若走穿村过屯的车道,要绕"勹"形弯路;走盐田土坝,虽然要转一个拐尺形直角,总是近了许多,还平坦好走。

走在前头的人,急忙转身改道,走向盐田。

这片借助海湾修建的盐田,古时就有。日本帝国主义侵占海岛后,进行了扩建,大肆掠夺盐业资源。日本投降后,盐滩已经废弃。延崇诚正打算让盐田复产,晒出盐来支援前线。走在盐田野草枯黄、蒲叶衰败的土坝上,延崇诚不由得想起因在毛口以西的东老滩晒盐而惨死的父亲,心里揪疼不已。

走到盐滩"田"字形土坝中间一竖的尽头,横堤之下,海湾裸露的泥滩被一片连着一片的碱蓬子染红。海岛的秋色因红海滩而更加壮美。延崇诚的目光投向陡峭山崖尽头的蚬子窝铺海滩,载重两三万斤的双桅木船就停泊(此时是搁浅)在那里。蚬子窝铺是贝城岛陆地的远端,有一处人工小港,便于船舶隐蔽和避风。那里比较早地迎来潮水,但因为贝城岛北部海域水浅滩平,退潮时露出平原一样的辽阔滩涂,活汛潮涨到七分满时,区政府搁浅在泥滩上的交通船才能漂起来。

一行人在土坝的尽头向西转折,沿横堤行走。"田"字形盐滩土坝,每一处转角都像拐尺的顶角。走到横堤尽头,下面是深深的潮沟。满潮时海面抬升，潮沟淹没，这条"近道"就成了"死路"。此时潮水还没有上来，潮沟里流淌着来自上游的溪水，浅而清澈，有小鱼小虾在游。潮沟的狭窄处只有三四米宽，往来行人在溪流上铺设了几块石头用来垫脚。大家拉开距离，前头的人踏上第一块石头，迈开腿，跨到第二块石头上，跟在后面的人再踏上第一块石头……

伊翎韵踩第三块石头的时候，脚下一滑，身体失衡，延崇诚的心猛地提了一下。伊翎韵像耍杂技一样，双臂展开，身姿摇摆，很快找回平衡，延崇诚才松出一口气。一年了，伊翎韵依旧戴没有帽徽的军帽、穿摘去臂章的军装，令人联想到她不凡的身世。帽子底下那两只朝后撅着的羊角小辫，稚气中显出远超年龄的成熟。她身姿纤细单薄，却蕴含着一般人不具备的能量和魅力，一般人也难以想象她的飒爽干练。这支队伍中如果没有伊翎韵，将会黯然失色。

对了，这支队伍中还应该有一位女同志。

"看见蔡大姐了吗？"延崇诚站在潮沟边上，看着大家一个一个迈着石头过去，忽然心里一沉，"落下了什么"的感觉具体了明确了。反复搜索记忆，从早晨到现在，不记得见过蔡淑媛。

"肯定是和曾区长他们一起走的。"区农会会长邢家发说。

伊翎韵对延崇诚说："昨天开会的时候，你安排先出发的人员中，就有蔡大姐。"

"是。"延崇诚说，"她应该先走。可是……"又问已经跨过潮沟的通信员小谷子，"早晨，你见过蔡大姐吗？"

小谷子眯缝着眼睛想了想，摇头说："人太多太乱，都在搬东西，也记不住都看见谁了。"

"区长！时间不早了。"区中队长那光涛神色有些焦急。

四

十几个人全部跨越潮沟，继续加快步伐向北赶路。悬崖陡壁到了，崖下铺满碎石的"路"实在难走。大家穿着胶鞋或布鞋，鞋底薄，硌脚，又疼又痒。好在都没有背负重物，比起先出发的那批人，还是轻松多了。

山崖直立的崖面呈"S"形弯曲，局部有风化、疏松的迹象，灰白色崖面裂纹纵横，仿佛随时都会破碎坍塌。走在崖下的人，一会儿能清楚地看见蚬子窝铺那片礁石和礁石上的人影，一会儿视线被山崖切断，只能仰面看天空。崖顶茅草像浓发，在秋风中瑟缩；崖壁的缝隙伸出苍翠的青松，也盘绕着枯黄的藤蔓。鸥鸟的粪便淋洒在山崖的凸起处，白花花的，像粉刷了一片片白色涂料。崖壁与石滩衔接处，生长着一片片开花的植物，有向日葵形状的小黄花和小白花，还有粉红色的喇叭花。黄花白花都有直挺挺的茎，像蒿子。喇叭花的蔓子很长，牵牵扯扯，缠绕着白花黄花的茎秆。在各色各样的野花中，一簇簇各自独立又互相拥抱的开满紫色小花的植物非常惹眼。延崇诚认出，那是山茄子花，花朵只有纽扣大，结出的"茄子"还没有黄豆粒大。他想起小时候念叨的儿歌："山茄花，不害羞，哩哩啦啦开到秋……"什么花都是季节的宠儿，唯独山茄子花，一茬一茬地开了谢，谢了又开，生生不息，永无穷尽，直到寒冬来临。经过短暂的蛰伏，春风一吹，又花开不败，从春到夏，从夏到秋，占尽季节的风流……此时，那些小花闪动着紫色的"眼睛"，打量着这些匆匆赶路的人们。

滩上的卵石被飞快的脚步踢得跳了起来。快速淹没滩涂的潮水是无声的命令。中队长那光涛、农会会长邢家发、妇女主任伊翎韵走在前头，通信员小谷子寸步不离地跟在延崇诚身后。再后面是一个班的战士，都背着长枪。沙石滩被踩踏出一片"昂刺昂刺"声。

每个人都走出一身大汗。但远远望去，停在蚬子窝铺的木船还没有漂起。潮水快速奔流过滩，像湍急而宽阔的河流，但因滩涂平缓，潮头已伸向盐田的堤坝，半淹了碱蓬子，潮位却并没有升高多少，还在木船的吃水线以下。

延崇诚有些心神不定。此次行动，带粮食一千多斤，都已经装上了船。贝城岛是产粮区，苞米、高粱、地瓜、大豆……因为是战略转移，转到什么地方并不确定，那地方能不能弄到粮食更是未知，所以必须预备半个多月的粮食。

蔡大姐，到底是不是跟随曾区长，先一步到了蚬子窝铺？

蚬子窝铺一带是两岸夹一湾。这里的海滩，不是板结坚实的硬滩，也不是松软稀溜的泥滩，是半沙半泥、软硬适度、适宜蚬子生长的滩涂，滩上的蚬子扒了生，生了扒，扒了还生，用铁锨挖开滩涂，断面上分布着三四层蚬子，故名蚬子窝铺。这样的滩涂还有一个好处，就是船搁浅在滩上，不用担心会硌伤。

延崇诚一行到达时，黑色的木帆船刚刚漂起，在浪涌中缓缓摇动，主桅尖上的风呲楼（风轮）正迎着风，旋转出哗啦啦的响声。副区长老曾等人坐在山崖下的礁石上歇息。粮食已经下舱，"船老大"（船长）惠安海站在船头，朝延崇诚挥手，意思是一切准备就绪。延崇诚见副区长曾达成和战士们都高挽着裤腿，脚是湿的，鞋上沾着海泥，说了声"大家辛苦了"。

农会会长邢家发是贝城岛本地人，抬头看了看天，又看看主桅尖上风呲楼的朝向和旋转速度，说今天刮东南风，四到五级吧，基本是顺风，跑安河，不用一个钟头就到了。

风呲楼的叶片迎风旋转，后面拖着布啷当（尾巴）。风大的时候，悬垂的布啷当飘起来，像随风起舞的飘带；叶片越转越快，转成一个虚幻的圆圈；因转动而摩擦出的响声，也由沉闷的哗啦啦变成清脆的嘎啦啦。

延崇诚焦急地看了看手表，已经九点了。他不是贝城岛人，只在岛上教了两年学，对海洋方面的常识了解不多，好在有农会邢会长这个"海岛通"。午前到达安河的搭拉尾港，下船后县委交通员禹平会在那里接应，告诉他们直接到哪里与县委和县大队会合。形势危急，不可能到县政府集结后再出发，搭拉尾将是此行的转折点。时间紧迫，他们越早到达搭拉尾越好。

"蔡大姐呢？"延崇诚环视众人，没见蔡淑媛，突然一惊，问副区长曾达成，"蔡淑媛没跟你们一起走？"

"她，"曾达成一脸困惑，"没和你们在一起？"

第 二 章

牵上挂下

一

五十多人的队伍，唯独少了区政府文书蔡淑媛。

延崇诚蒙了。

"昨天开完会，她看你太忙，就跟我说要回家安顿一下，今天一早赶过来。"曾达成说。

"再没说别的？"

"没。"曾达成说，"我刚一点头，她就慌里慌张地走了。"

"这个蔡淑媛，太不像话了！"农会会长邢家发焦急地搓着手，"到了节骨眼儿上，掉了链子。"

该不会是，不想走了吧？延崇诚心乱如麻。

"再等等吧。"副区长曾达成安慰延崇诚，"船漂起来，还得一会儿。"

延崇诚看看表："不能干等。派个人回去迎一下。也许正走在半道上呢？"

"我去吧。"班长邴志永把枪递给一个战上，"我腿快，到她家也不用半个钟头。"

"都这会儿了，她还能在家里吗？"区中队那光涛队长皱着眉头说，"会不会在路上，发生了什么事？"

在路上能发生什么事？延崇诚想不出来。这一会儿工夫，他上火上得嗓子都哑了，睁大眼睛望着来时的路，目光从陡崖一直扫描到大盐场，人影倒是有几个，就是没有匆匆赶路的妇女。

他嘱咐邴志永："时间紧急，你快去快回！注意路边，沟里……找得到找不到，一个小时内必须赶回来！"

邴志永答应一声，快步掠过礁群，奔向山崖下的沙滩，身影在崖下快速移动，像跑马拉松一样，很快就被"S"形崖面吞没。

二

焦急地等待。一是等待潮水上涨，船漂起来。二是等待没有赶来的蔡淑媛。政府机关全体转移，不能丢下她一个人。

伊翎韵走到延崇诚身边，不知道应该怎么安慰他。要出发了，大家都很紧张，也没想到会有人掉队。不，不是掉队，是压根儿就没见影子。如果一早就发现蔡大姐没到区政府，派人寻找，情况肯定不会这么糟糕。那会儿延崇诚的精力放在召开群众大会上，顾不上其他的。副区长曾达成率领其他人员先行，主要是运送物资粮食，也没顾上其他的。

蔡大姐被忽略了。

平时，蔡大姐和伊翎韵关系比较密切。这次撤退，她们两个女同志还是伴儿。

现在，只剩下伊翎韵一个女的。

伊翎韵非常自责。她一早的主要精力也在开会上。她要说几句话，给妇女姐妹们撑腰打气。怎么就以为蔡大姐是和副区长曾达成他们一道出发了呢？她不禁惊出一身冷汗。

蔡大姐肯定是出事了。

这也正是延崇诚所担忧的。

此时，延崇诚站在礁石上，一会儿望望蚬子窝铺山崖下面，明知蔡大姐不会奇迹般地出现，也还是情不自禁地朝那儿望去；一会儿望望海峡对岸的安河大陆，心情复杂得难以形容。

蚬子窝铺是一个凹形海湾，豁口正对着海峡彼岸的安河搭拉尾港。望着逶迤展开的安河大陆，延崇诚想，这次回安河，又不能见到母亲了。上次去县委开会，来去匆匆，没能回家看望母亲；这次是撤退，更没有时间了。母亲在家乡那个村里做妇女工作，经常出头露面。反动派要打过来了，母亲会不会有危险？

既不知道蔡大姐是什么情况，又不放心母亲。延崇诚心里空空落落的。

牵上挂下

三

　　延崇诚当区长后，只见过母亲一次，是夏天的时候，延崇诚和曾副区长、那中队长到县委开会，汇报减租减息情况和土地改革准备工作。会后，看看时间还早，正是枯潮，延崇诚说要回家看望母亲，约定了到搭拉尾会合的时间。这其实也是给曾达成创造一个与爱人相会的机会。

　　"诚儿，你怎么又瘦啦？"这是母亲见到他时的第一句话。

　　从县城安河镇到他家所在的海边渔村沙堆子有十里路，延崇诚大步流星地走了一身汗，遇上一辆顺路的马车，捎了几里。那天，他穿戴很整齐，匣子枪和公文包十字交叉背在身上，精神抖擞。那是到贝城岛工作之后第一次探望母亲。那一排熟悉的草房，街上的猪圈，屯子前面的海湾，岸边的小渔船……举目西南方向，贝城岛近在咫尺……就是这一道窄窄的海峡，加上距县城十里、距搭拉尾五六里的路，阻断了他多次想探望母亲的念头。

　　母亲一身青衣青裤，围裙也是青色的，衣服和围裙上的补丁补得整整齐齐，针脚很细密。母亲头发绾起在脑后，手里抓了一把粮糠，正在院子里喂鸡。一群鸡昂着头追逐母亲的手；母亲一撒手，鸡分头去争抢，翅膀扑扇着，掀起一地风。延崇诚的眼泪唰地流了下来，喊了一声："妈！"母亲耳朵有些背，这是因父亲去世，母亲悲伤过度所致。母亲还是听到了儿子的喊声，循着声音望去，就说了那句话。

"诚儿，你怎么又瘦啦？"

母亲说完这句话，泪水不由自主地流了满脸。

"妈！我没瘦，还那样！"延崇诚走近母亲，看着母亲的脸，说，"妈！您也……瘦了……儿不在您身边，不能尽孝，您得多保重身体啊！"

延崇诚说着，声音有些哽咽。他脑海里浮现出"忠孝不能两全"的古老说法，却丝毫没有减轻不能在母亲身边尽孝的内疚。

母亲叹了一口气说："我这么大岁数了，怎么都行。"说着，伸出手，抚摸着他清瘦的脸庞，心疼不已，"你也不小了，得学会照顾自个儿。是不是吃不饱？是不是烦心事儿太多？唉！……"

他说："我没事儿，年轻力壮的，能吃能睡，工作也不累，您不用操心。"

跟着母亲进屋，坐到炕沿儿上。

母亲继续唠叨："你上学时就不胖，教书那几年也不胖，可也没像眼下这么瘦啊！"

那天母亲唠叨的主题就是一个"瘦"字。如果母亲见到现在的他，估计会更心疼。

母亲抹了一把眼泪，就张罗着做饭。

他急忙阻止："妈！我今天得赶回岛里，不能在家吃饭了。"说着起身要走。

他计算过时间，从沙堆子到搭拉尾，快走也得半个小时。

牵上挂下

搭拉尾能漂起船时就出发的话，逆风天气能赶在退潮之前到达贝城岛，当天刮小北风，是顺风，时间充裕，但就怕换风。

母亲不容分说，挖了半瓢白面，下疙瘩汤。汤里下了蛎肉，还打了一个鸡蛋。那白面，是母亲不舍得吃攒下的。鸡蛋是自家鸡下的。蛎肉呢？他们家前面的海，没有礁石，不产蛎子；要打蛎肉，得去搭拉尾那儿的海边。

他问母亲，从哪弄的蛎肉？

母亲破涕为笑，说是淑秀送的，淑秀这闺女……母亲一面忙着，一面唠叨起淑秀的种种好，像亲闺女一样照顾她。

提起淑秀，他忽然觉得气息短促，面颊滚烫。

母亲并不知道他的心思，继续沿着自己的思路说下去："你们也都老大不小了，要不是因为你在岛里上班，来家一趟不便利，都该把你们的婚事给办了……"

"妈！我现在……不想这事。"他想说工作压力大，又有风险，不能连累人家，因怕母亲担心，就没说下去。

母亲做的疙瘩汤真是好吃。他一连吃了两碗，吃得浑身冒汗。母亲慈爱地看着他，心花怒放。

"我得走了，他们还在搭拉尾等我呢。"他接过母亲递来的水碗，喝了一大口，把枪和公文包背好。

母亲替他抻了抻衣角，上下端量着，说："村里动员我去，是做什么……妇女工作？"

他眼前一亮，说："妈！你应该去！咱们翻身解放了，可是反动派并不死心，地主恶霸还在……"他打住，怕母亲为他担忧，话头一转，"各地的人民政权都才建立不久，有很多工作要做……"

"可我，也不识字……"

"那没关系。我们区的老邢，是庄稼把式出身，赶大车，扶犁杖，也不识字，还当我们区农会会长呢！"

走到院子里，那些红羽毛、黑羽毛、黄羽毛的鸡，齐齐地围过来，眼睛亮亮的，扑扇着翅膀，有细细的羽毛掉下来。鸡在他身前身后围了一个动态的圈。延崇诚走，鸡圈跟着动，不时绊着了他的腿脚，好像是在挽留他。他挥手，想吓唬一下，鸡们缩了一下脑袋，继续围拢上来。

他回头看看站在门口的母亲，泪水吧嗒一声滴落，衣襟湿了。

从那次分别，再也没见到母亲，只接到过一封由淑秀代笔的家信。

望着安河大陆，沙堆子在搭拉尾往东不远的地方，那一带沿岸的房子也隐约可见。只是不知道什么时候，能再见到母亲。

第 三 章

前方突现一艘船

一

区政府交通船上有三个船工，包括船老大惠安海。他们平时负责看护船，需要用船时毫不含糊地提供保障。

船老大惠安海并不知道岸上的事情，他也不认识蔡淑媛，只是感觉到延区长他们坐立不安，以为是着急上船。他让一个船工拿挽篙量水。船是漂起了，没有一定的水深，靠不了岸。船工舞起长篙，将篙尖扎到水里，又提起来，看看湿痕说，二尺。惠安海立即下令登船。两个船工各站一舷，长长的挽篙扎入水下，直插海底，有尖锥扎入泥滩的咯吱声和船底摩擦滩面的刺刺声。水还是浅了些。因这里滩况良好，方头平底交通船在滩上搁浅没事，轻微摩擦也不会有大事，但对船底会有一定程度擦伤。如果不是情况紧急，分秒必争，惠安海绝不舍得让船底摩擦出这么难听的声音。再等十分二十分钟，潮位升高一些，船就漂起来了。

船底贴着滩面，缓慢向岸边靠近。岸边风小，桅尖的风呲楼旋转得慢了，像马尾巴一样撅着的布啷当垂下来，响声也弱了下去。

延崇诚看看手表，过去半个小时了，不见蔡大姐的影子，邴志永也没回来。

事态严重了。

"怎么办？"副区长曾达成看看延崇诚，意思是上不上船？

延崇诚看着逼近岸边的木船，挥了一下手："上船！上船上等！"

方形船头抵近礁石，一个船工跳下来，站到礁头，手扯缆绳用力拽，使船头更紧地贴近礁石。另一个船工将挽篙倒过来，有横柄的一头伸到礁石上，让上船的人当扶手。船头上翘，与礁石有半米的落差。岸上的人一个跟着一个，手抓篙杆，攀爬上船头，迅速向后移动，腾出地方让后边的人上。

"这小子！找得到找不到，也该回来了！他人呢？"中队长那光涛急得在礁石上来回踱步。

不会是蔡大姐没有找到，又搭上一个邴班长吧？

延崇诚这么寻思着，对那光涛说："那队长，急也没用。邴班长不会出事的。上船吧。"

那光涛跺了一下脚："这都什么时候了！这弄了些什么事儿！"

他是对蔡淑媛不满，间接表达对整个行动安排的疏漏不满。

前方突现一艘船

大家陆续上船。

妇女主任伊翎韵倒数第二个登船。如果蔡大姐不到，她就是这个队伍中唯一的女同志了，心情很是失落。

两侧的船舷已经满是人腿，船中间的主桅下面也有人坐，堆成一捆的帆篷斜横着吊在桅下，数不清有多少条绳索从帆篷扯向桅尖。绳索都绷得很紧，有两组呈环形兜住帆篷，有一根绳子绑住帆篷顶端的竹竿，向上，顺着桅杆穿过桅尖的滑轮，再下来，穿过帆篷上的滑轮，再上去，再下来……一根绳子反复上下，穿过帆篷上的滑轮组和桅尖上滑轮组，悬垂在桅侧的绳索看上去就有无数条。

伊翎韵就势坐在船头靠近前桅的舱盖，堆在桅下的帆篷散发出油漆的味道。前桅有三人高，桅尖和帆篷分别有两个滑轮，意味着帆篷的重量比主帆轻得多。桅底插入前舱楄板处。那是船腮的上方，也是横宽的船腹向狭细的船头过渡的较窄处。

最后上船的延崇诚见船后的"燕翅"那儿有地方，就示意伊翎韵到后边去坐。伊翎韵摇头。延崇诚小声说，坐这里不安全。伊翎韵说，从胶东到东北，坐了几天几夜的船，我也挺过来了，这才哪儿到哪儿！延崇诚说，等会儿涨篷，坐这儿不挡碍吗？伊翎韵看一眼捆绑成一抱的帆篷说躲避点儿呗。

延崇诚见船上已经没有多余的地方，到后面"燕翅"那儿得经过人腿挤人腿的船舷。这时候有的战士已经起身，让延崇诚过去。坐在船后舵桅下面的惠安海也朝他招手。延崇诚正待过去，见伊翎韵朝旁边挪了挪屁股，腾出一半舱盖，他就朝惠安海摆了摆手，收回手朝几个战士压了压，让他们坐好。他坐到伊翎韵身旁，感觉到帆篷上的竹竿硌着了后背。

全体人员上船后，船又搁浅了。毕竟增加了五十多人、六七千斤重量。看着流水夹杂着芦苇秆、海带草等漂浮物从船尾奔腾着向海湾的浅处涌去，靠近盐田那片红海滩都被淹没了，碱蓬子都藏到了水下，而船却像焊在滩上一样，船老大惠安海焦急万分。

延崇诚看看手表，再遥望海峡对岸仿佛近在咫尺的安河大陆，也是一脸急色。他急的不是船像焊在了滩上，而是蔡大姐没来，邝班长也没有回音。就算船漂了，也不能走啊。

"惠船长！再等一等。"延崇诚朝船尾的惠安海说。

"这要等到什么时候？"副区长曾达成不满地嘟囔着。

农会会长邢家发也有些沉不住气，说这个蔡淑媛，平时挺好的，羽羽齐齐，今天是怎么啦？

伊翎韵咬着嘴唇不吭声，心事重重。

二

延崇诚第一次见伊翎韵是在县委书记找他谈话那天。

安河县机关办公的地方，是日伪时期安河县政府的两层小楼。在院子里，延崇诚迎面碰上正和别人谈笑风生的伊翎韵。这个身穿灰色军服、戴着有两颗纽扣的八路军军帽和有

前方突现一艘船

"八路"字样臂章的姑娘，留着短发，浑身散发着青春气息。那股英姿飒爽劲儿，一下子就吸引了延崇诚。伊翎韵后来说，也是因为看了他的那一眼，并且知道他就是贝城岛那位"传奇英雄"，她才不管不顾地决定，跟随延崇诚到贝城区工作。本来县委是让她留在安河，她也同意了的。延崇诚劝她，在海岛工作很辛苦，男同志无所谓，你一个女同志，会很不方便的。伊翎韵脖子一扬，挺直胸脯说："我什么苦没吃过？枪林弹雨都经历过。"延崇诚说："你不了解海岛的情况，我在那里当过教师。怎么跟你说呢？"伊翎韵说："不用说了，不就是经常坐船吗？从胶东到东北……"

每逢遇到困难，她都会说起渡海北上那几天几夜。那是她的骄傲。仿佛有了那段经历，所有艰难困苦都不在话下了。

和伊翎韵比，延崇诚的经历乏善可陈。他出生在安河海边的渔村，家境贫寒。读小学时，靠课余时间挖野菜、赶小海补助生计，假日到海边钓鱼卖钱，到父亲当雇工的小渔船上做帮手，自己就能解决学习费用。从九岁到十九岁，他读了十年书。抗战全面爆发后，在老师的影响下，他和几个进步青年一道，积极参与抗日救亡，油印、散发宣传我党抗日主张的小报，一度被日本警察通缉。师道学校特修科毕业后，延崇诚到一海之隔的贝城岛教学。他干得最出彩的一件事，是日本投降后，带领几个老师和一帮学生，冲到大盐场的伪"会事务所"，活捉了打算逃跑的日本籍副会长和本岛汉奸会长吴乐山，把他们捆绑了押在大庙里，准备第二天发动群众进行斗争。延崇诚痛恨欺压百姓的日本人和为虎作伥的汉奸。他父亲在他读书时被日本人抓劳工，到东老滩晒盐，吃的猪狗食，干的牛马活，被日本人和汉奸狗腿子折磨得重病缠身，含恨去世。仇恨的种子埋在心里。在岛上教书的几年，延崇诚亲眼看见日本人和狗腿子如何欺压群众，随意加个罪名就把人往死里打。光复的消息传来，延崇诚觉得报仇时机到了。谁知抓捕日本人和汉奸的消息泄露，第二天从安河伪政府赶来一个排的伪军，将领头的延崇诚等人抓了，关起来。日本副会长和大汉奸地主吴乐山连夜乘船逃走。就在要把延崇诚等人押往安河处置的时候，八路军挺进东北先遣支队在攻取安河之前先登陆贝城岛，一举歼灭了伪军，救出延崇诚等人……

延崇诚从此投身革命。

伊翎韵是八路军挺进东北先遣支队的一员，参加过解救延崇诚的行动，对这位传奇英雄充满崇拜和敬仰。但当时延崇诚已遍体鳞伤，马上被送到岛上的医院救治，先遣支队在探得安河的敌情后，立即乘船跨海，智取安河，伊翎韵错过与延崇诚接触的机会。直到那次在县机关大院相遇……

延崇诚是自豪的。虽然大汉奸地主吴乐山跑了，非常遗憾，但那日本副会长还是被捉回，一个排的伪军也悉数缴械。新生的人民政权重用了延崇诚。有文化，勇敢，坚定可靠，这是组织上对他的评价。干革命，就是把脑袋别在裤腰带上，随时准备牺牲。这是延崇诚的内心独白。

前方突现一艘船

延崇诚的自豪感，在见到伊翎韵并且知道她的经历之后，迅速降温。和年仅二十一岁就已经穿过枪林弹雨的老资格伊翎韵相比，二十四岁才参加革命的延崇诚，成了"小字辈"。

三

邴志永一瘸一拐回到蚬子窝铺时，距他离开的时间过去了整整一个小时。

延崇诚老早就从船头站了起来，感觉到了船身微微的摇晃。

"蔡大姐呢？"他大声喊道。

邴志永上气不接下气，帽子抓在手里，头发梢冒出的汗气像一团一团的烟。他踮着脚迈上礁石，哈出大口白气："没……没……"

副中队长皮立巍见状，一个箭步跳下船头，迎向邴志永："你这脚，是怎么弄的？"

邴志永说："回来的时候，崴了……幸亏是回来崴的，要是去的时候……"

皮立巍架起邴志永一只胳膊，搀扶着他，冷冷地道："你说，你还能干点儿什么！"

"那股道，太难走了。"邴志永说的是山崖下那段沙石混合的滩地，迈一步退半步。

"找不到，就早点回来！"皮立巍继续数落，"这么多人，等你多长时间了！"

邴志永出了力，崴了脚，反被指责，脸色很难看。

两个人缓了几缓，走过一片矮礁，到了船前。延崇诚从船头伸出双手，拉住邴志永一只胳膊。皮立巍从后面推。此时水位升高，船与礁石的落差大了些，上船更困难了。邴志永咬着牙，一发力，没崴的那只脚先迈上了船头。

"区长！……"邴志永惭愧地摇了摇头。

情况已很明了，蔡大姐没有找着。

"都找了什么地方？"延崇诚问。

"区政府，她家，都没有。她男人见我去了，迎到门外，说蔡大姐一早就走了，没和你们在一起？我说没啊！她男人非常着急，说她能去哪儿呢？说是和你们一起去安河的……"

伊翎韵十分不安地说："那是走两岔啦？"

邢家发说："就算是走两岔了，她也知道在哪里集合，何况是一大早就走了。"

"等，还是不等？"船老大惠安海问。

不能再等了，等也没用。邴志永都找不到，蔡大姐会自己突然出现？多耽搁一会儿，就多一分危险。如果县委和县大队也在安河的哪个地方等他们呢？那可就影响大局了。

"出发！"延崇诚果断下令，"如果船开了之后，看见蔡大姐来了，我们再掉回船头……"

他心里很清楚，掉回船头的可能性根本就不存在。他听着邴志永讲述寻找的过程，心情沉重得难以形容。

前方突现一艘船

"往回走时,从她家到区政府,从区政府到这里,路边,沟坎,坑坑洼洼,凡是能藏住人的地方,我都仔细看了……"

"这可真是出了鬼了。"副区长曾达成眉头拧成疙瘩。

"会不会是,她不想和我们一起走,自己躲起来啦?"副中队长皮立巍不敢肯定地分析道。

"这不可能!"邴志永反驳,"蔡大姐是什么人咱们谁不清楚?她怎么能当逃兵?"

"也不好说。"曾达成叹了一口气,"一个女人,有家庭,有孩子,撇家舍业的,不愿意走也情有可原。"他想起了自己家庭的情况,深有感触。

延崇诚琢磨着曾达成的话,陷入深思。他和蔡大姐在一个小学当过老师。到区里工作后,蔡大姐兢兢业业,勤勤恳恳。蔡大姐的丈夫是农民,老实本分厚道。昨天开完会,蔡大姐有什么反常的举动吗?紧张是肯定的,回家去安顿一下也完全应该。邢家发会长回家了,把父母和老婆孩子转移到另外一个屯子的亲戚家;小谷子也回了一趟家,说要和区长外出办事,可能需要在外面住几天,不用妈妈牵挂。其他家在贝城岛的,都回家一趟,只是要严密封锁撤退和国民党军要打过来的消息。蔡大姐应该不会和丈夫说起撤退的事,也没有理由不跟着队伍走。

到底发生了什么意外?

"要是国民党军来了,她怎么办?"邢会长最担心这个问题。

"她要是真躲起来了，也许没事。"曾达成说。

四

一部分人下舱，留在舱外的都背靠背坐在舱盖上，一支支枪抱在怀里，枪口冲上，一双双腿整齐地垂放在船舷，脚蹬船帮。延崇诚扭头朝后望了一眼，舱盖上坐着三十多人，下舱的有二十多人。一年前他到贝城岛就任区长时，也是乘坐这艘船，当时区政府加区中队，总共只有二十几个人，坐在船上非常宽松；现在队伍壮大了，交通船已经容纳不下。如果不是因为安河离得近，天气又好，延崇诚是不会让这么多人挤在一艘船上的，哪怕紧急调用几只小渔船。

延崇诚稳坐船头舱盖，双脚放在围绕缆柱一圈一圈盘起的缆绳上。身边是一言不发的伊翎韵。她的脚也放在缆绳上。一柄巨大的黑色铁锚通过缆槽架在方形船头，一个像牛角一样弯曲的锚齿冲天，另一个同样弯曲的锚齿别到缆槽下面，穿过锚柄的短木棒横在缆槽内侧，阻止铁锚向前滑动。铁锚的长柄搭在缆绳圈的另一侧，隔着粗壮的缆柱与两双脚相对应。两人尽量避开前桅和帆篷，各自朝向侧前方，面部夹角九十度，后背部分接触，互相依靠。这样可以在船头的颠簸起伏中保持平衡。

延崇诚正面对着悬崖的拐角。蚬子窝铺是小海湾，拐过悬崖是大海湾。贝城岛北海滩涂广阔，陆地良田千顷，堪称一方宝地。延崇诚目光掠过悬崖向左扫视，房舍断续的村屯、平坦低洼的大盐场、区政府黑色的四合院、高高耸立的贝城山……田地连绵，山峦起伏，海湾静谧，好美的一幅山海画卷。要离开了，不知何时回来，蔡大姐也不知在哪里，不知怎么样，延崇诚心中怅然。

两个船工在两舷喊着号子，同步用力蹬篙。船后退，转弯，船头对准了安河方向。安河沿岸起伏的山峦随着木船角度的变化徐徐展开。秋阳暗淡，不冷不热的天气为此行涂上了悲壮色彩。他们不是去投入战斗，而是撤退。蔡大姐又莫名其妙地"失踪"了。每个人都忧心如焚。

延崇诚没有说话。船上十分安静。两个船工把长篙顺船舷放下，开始升帆篷。坐在桅杆附近的战士纷纷起身协助。升帆篷时号子声压抑地响起。先升主桅的帆篷，一直升到风呲楼下面。风呲楼的布嘟当飘带被帆篷顶端的横竹竿扫偏，风呲楼仿佛受到惊吓，突然改变了方向，叶片停转了片刻，随布嘟当重新飘起，叶片调整好方向，欢快地旋转并歌唱起来。

主帆升毕，再升前桅的帆篷。延崇诚和伊翎韵站起来。延崇诚对船工说："我来！"

他弯腰解下拴在桅杆底部的帆绳，双臂向上伸直，够到帆绳的高处，握紧鼓鼓的绳子，自己给自己喊着号子："一——二！"咬紧牙，双臂弯折，双膝弯折，整个人瞬间矮了下来，桅顶的滑轮快速转动，帆绳被拽下来一大截，帆篷同步上升。

延崇诚再给自己喊号子："一——二！"重复前述动作，帆篷又上升了一截。

伊翎韵看得眼睛直了，想上前帮忙，又插不上手。

随着横向支撑篷布的竹竿依次上升和堆积在桅杆底下的篷布竖向展开，帆篷越来越沉，双手稍一打缓，悬挂在桅尖的滑轮就会倒转，张开的帆篷也会小幅下降。延崇诚沉住气，使尽全力，保持帆篷始终处于上升状态。两个船工见状，赶紧替换延崇诚，喊着号子，三下两下，把帆篷升到桅顶。

延崇诚累得气喘吁吁，满面红光，双手的掌心也磨得通红。

"你行啊！"伊翎韵由衷赞道。

"老长时间没干这活儿了，手生。"延崇诚看着只有两张炕席大小的前帆，很有成就感。

船工将帆绳别在桅杆底部像扳机一样弯曲的部件上，勒住，帆篷就稳稳地挂在桅杆上；再拽住帆篷前端的绳索向下猛拉，帆篷顶端的竹竿倾斜了，帆篷绷紧了，整个帆面像雄鹰的翅膀，在风中扇动。帆篷改变了风的走向。风聚集起来，紧贴着帆面吹拂，抚摸着延崇诚瘦削的脸庞。

延崇诚和伊翎韵重新坐下，不时与鼓荡的帆篷亲密接触。

船老大惠安海按住横搭在燕翅上的粗壮滚棒，抽出滚棒绞索的别棍，滚棒旋转着松开绳索，高悬的船舵缓慢沉入水中。木船乘着渐强的东南风，犁开波浪，向安河搭拉尾进发。

俗话说"坐车坐头，坐船坐后"。船头最活跃，一有风浪就跃起跌落；船尾有舵控制着，跳跃幅度小，乘船的痛苦也小很多。

延崇诚和伊翎韵坐在船头，互相依靠，倒也没有觉得有多颠簸，只是心情无比压抑。

突然，伊翎韵手指朝前一伸："看！有一条船朝这边来了！"

延崇诚眯起眼睛仔细一看，果然从对面驶来一艘紫色帆船，是三号杆（"杆"发音"赶"；三号杆即三支桅）的尖头船。这种船尖头刀底，浮在水上很稳，落到滩上就偏了，不适合在退潮后裸露滩涂的水域搁浅。船上有三支桅，主桅在船前约三分之一处，很高大；次桅在船后约三分之一处，矮半头；小桅立在船头，矮得几乎可以忽略。三面帆篷升起来，大小搭配，高低互补，画面感很强，船速也快，刀一样的船头和刀一样的船底，能最有效地犁开波浪，向前冲刺。而平底船是压着波浪向前推进。两者相比，高下立现。

那艘三号杆的尖头船在海面飞快地行驶，一会儿向东，一会儿又转头向西，一会儿又向东。延崇诚呆看了一会儿，确认那艘船是在"划樯"，在海面划出"之"字形航迹，并正向蚬子窝铺逼近。船既起航，目的港已经确定，风向却未必配合，只能是侧风偏杆，逆风划樯，风来帆挡，流大舵扳。

迎面而来的这艘船，跑的是逆风，只能划樯。船在转身时，两面帆篷已经倾斜得几乎贴近海面。

"船偏成这样，太吓人了！"伊翎韵惊恐地说。

"这是县政府的船！"延崇诚心里一沉！他从船的形状、帆篷的颜色和船来的方向，做出了判断。

"是吗？"伊翎韵更加惊恐，"这个时候，县政府的船来干什么？"

肯定是出大事了！延崇诚站起来，扶着前桅，朝那艘三号杆船望去。两艘船还相隔很远，他就看见交通员禹平抱住船头的小桅杆，随着船的颠簸，人也跟着像反着的钟摆一样，大头朝上，一会儿往左边倒，一会儿往右边倒。

禹平还腾出一只手朝延崇诚乘坐的这艘船挥舞了半圈，又赶紧收回手，双手抱紧桅杆。在他身后转动的小帆篷像镜框，镶住了他晃动的身影。

禹平不在搭拉尾等他们，而是驱船前来，究竟发生了什么事？

第 四 章

毛口有敌情

一

"延区长！——情况有变！——"

两船靠近时，禹平大喊，颤抖的声音瞬间被风刮走。

其时区政府的交通船已经降至半帆，并横过身来，防止两船相撞。

惯性使两艘船在海面兜起了圈子，一艘船的头追着另一艘船的尾，逐渐减缓冲力，慢慢靠近。

"小禹！快说，什么情况？"

两船并排，在互相逼近时激起的浪涌里左右摇荡，晃得船上的人站立不稳，纷纷抱住桅杆或扯住帆篷。

"区长！是这样的——"

两艘船相距不到一米时，禹平一个箭步，嘭！从县政府交通船跳到区政府交通船上。

禹平气喘吁吁地长话短说，我昨天下午返回搭拉尾，傍晚赶到县城，发现到处都是国民党兵。县机关已经提前撤了。

延崇诚大惊！没想到这么快就断了后路。昨天接到通知时，他有过晚上涨潮时起程的一闪念，但撤离前不召开群众大会，不对那些坏人进行震慑，会有极其不良的后果，坏人会说他们是"仓皇出逃"，岛上群众会非常失望，处境将非常艰难。

现在看，即使昨晚出发，也来不及了。

"那么，有县委和县大队的消息吗？"延崇诚焦急地问。

禹平说，我没有遇到熟人，打听不到任何消息，也不敢久待，连夜返回搭拉尾港，赶来赶去赶上退潮。港上有一个以前的地下交通站，问了那里的人，说县委和县大队往西撤退，极有可能撤到碧流江一带，占据那里的有利地形打游击，等待大部队回援。

延崇诚呆住了。

禹平定定地看着延崇诚，意思是情况就是这么个情况。

刚才还有人说晃晕了，这会儿都顾不得晕了，目光齐刷刷投向延崇诚。

怎么办？

返回岛上已不可能，箭在弦上不得不发！延崇诚脑海里闪过一条大江——碧流江！脑海里同时展开一幅地图。从地图上看，安河大陆蜿蜒的海岸向西延伸，毛口是沿岸的一个重镇。碧流江从毛口附近的东老滩直通入海。县委和县大队有可能去了那一带？

延崇诚问惠安海："船长！毛口港，您熟吧？"

问完，才觉出是问了一句废话。

一个船工笑道："区长！别说'老大'，我闭着眼睛都能把船驾过去。"

"那就好。"延崇诚略显尴尬地一笑，果断决定，改道毛口港。从毛口港登陆，往西急行三四公里，找到碧流江入海口，沿江畔北上，就有可能找到县机关和县大队！

副区长曾达成、区中队长那光涛、区农会会长老邢、区妇女主任伊翎韵都一致赞同。

决定做出之后，延崇诚又回头望了一眼蚬子窝铺方向。

"死了那份心吧。她要能来，早就来了。"农会会长邢家发说。

"但愿她能把自己藏好。"副区长曾达成说。

知道蔡淑媛不可能出现，延崇诚还是很不甘心。

从海面望那片悬崖，因为角度和距离的关系，突然变得异常陌生，甚至整个贝城岛，都走形了，贝城山矮趴趴地伏在海面上，蒙着一层虚幻的光。

二

去毛口的海路是去安河的四五倍，人员分乘两艘船才能保证安全。大家迅速行动，一部分人留在区政府的船上，一部分人跨过船舷，跳到县政府的船上。几位领导留在区政府船上，方便议事。

交通员禹平也应该留在区政府的船上，和延区长他们在一起。可是他随身携带的毛巾水壶等物品还落在县政府的船上，就又跨过船舷，跳回到那艘尖头船上，拿了东西想再跳回来，两艘船已经分开了一米多的距离。这要是一脚迈出去，十有八九会跌落到海里。他如果喊一声，对面船上的人抛来缆绳，两下一扯，他就跳过去了。

在他犹豫之间，船工忙着升帆篷，风吹船动，两船的距离迅速增大。眼见延区长他们乘坐的区政府交通船仄过船身，向前奔去。

反正都是到毛口，在哪艘船上无所谓。禹平这么想着，默默坐到船舱盖上。从安河到贝城逆风划橹时，他被折腾得心里翻搅，这会儿脑子里还有些晕乎。

三号杆的尖头船也重新升起帆篷，跟着区政府的平头船，顺风逆流，向西北滑行。

两艘船一前一后，平稳行驶。船上的人无声无息地端坐着，随着船体的轻微颠簸而晃动。每艘船上聚集着二三十人，像草把上插满山楂穿成的梨糕（糖葫芦）。

驶出虎口状北海湾，进入海峡后，船向西转头，在内侧行驶，尽量远离已被敌军占领的安河陆地。

东南风，船向西，帆篷鼓成球面，速度很快地朝毛口港方向驶去，安河大陆从侧旁滑过，安河岸边零星的建筑和海里突兀而起的礁石都看得很清楚。

延崇诚坐在舱盖上，脑子里急速运转。敌人昨天已经占领了安河，下一步会进攻哪里？贝城岛肯定首当其冲。据事先得到的情报，敌人集中一个军的兵力，气势汹汹打过来，肯定不只占领安河一地，会不会向西……

延崇诚担心县机关和县大队的安全。

等到延崇诚想看看家乡沙堆子时，那片海域已经被甩在了身后。他抻着脑袋向后望，沙堆子斜成了一绺儿，岸边的房子错落排布，不知道哪座是自家的。

更不知道母亲现在是否安全。

驶离安河一带海域，延崇诚让船老大轻微转舵，船贴近辽南大陆行驶，这样可以更快地赶到毛口。这一带沿岸地势险峻，山脉相连，多为无人区，敌军初来乍到，不会马上在这里布防。

一路上，延崇诚不时回望，一直望到沙堆子看不见了。从远处看这两艘木船，帆篷的影子像几片树叶，插在遥远的海面。从船上往回看，安河和贝城岛都很模糊。在一片朦胧的光线里，隐隐约约有两只白色的船，从安河的方向开出来，向南开去，船上的烟囱冒着白烟，像拖在空中的白色飘带。

延崇诚一惊："惠船长！你看——"

正在掌舵的惠安海眯起眼睛，朝后面望去，望了好长时间，才对准了焦距，也惊了，说那是国民党的汽艇。

"能确定是国民党的？"

"能！"惠安海肯定地说，"我驾船跑烟台、青岛时，在海上见过汽艇，就是这种白色的，舵楼和船舱高出一大截。"

又补充，"是日本人的巡逻艇，光复时被国民党军接收了。"

"看样子，是去贝城岛？"

"是。多亏我们走得早，要不就被他们堵着了。"惠安海心有余悸。

延崇诚也很后怕。

此时，他更担心蔡淑媛的安危。敌人并不知道他们已经撤离。到那里扑了空，一定会寻找、搜捕区干部。那些被批斗过的坏人，说不定又要兴风作浪了。

三

毛口港也是浅水薄滩。延崇诚他们的船抵近时，正遭遇退潮，船至浅水区，帆篷降下大半，舵也悬空，只剩小半在水里。随着潮水越来越浅，舵随时往上提，防止挂到海底。惠安海不时半圈半圈地转动横架在"燕翅"上的粗木辊，钩住舵板的绳子便半圈半圈地缠绕到木辊上，舵板徐徐上升。舵，渐渐地不起作用了。

除了惠安海和两个船工，船上其他人都只是知道毛口的地名和大体位置，没有谁来过。远远望去，毛口一带是土质的陆地，海边没有贝城岛蚬子窝铺那样的陡崖，千万年的潮水冲击，大量黄泥被卷入海里，淤积成滩，退潮时泥滩显露，岸边裸露的黄色泥滩有数里之遥，看上去光秃秃一大片，像巨大的广场，在夕阳下泛出光亮。海水泥滩共一色，水质混

毛口有敌情

浊得仿佛是用黄泥搅拌的，如同黄河之水。无论涨潮退潮，也不管风大风小，海水卷过泥滩时，总会掠起泥浆，并携带着前往所到之处，与新的泥浆汇合，使得这一片海成为真正的"黄海"。

混浊的海面像反光的镜子。阳光照射，如同点亮万盏灯，晃得人睁不开眼睛。逆着潮印望去，在平坦的泥滩靠近岸边处，横七竖八搁浅着小木船，有的船上斜插着桅杆，有的船上只横躺着一支橹。裸露的泥滩上印着波浪的花纹和脚掌踩过的深窝。那些脚窝歪歪扭扭，像在泥滩上钻出的孔洞，每个孔洞周边的泥都向上拔起，像为孔洞砌了一道围墙。延崇诚远望着泥滩上那些熟悉的脚窝，就像回到了童年的沙堆子，和小伙伴们在泥滩上捡泥溜（泥螺），把自己全身抹得像泥猴。毛口的滩和沙堆子的滩一样，都是烂泥滩。在那些双脚踩出的孔洞延伸的尽头，有人挂着筐，在弯腰拾东西，大概是在捡贝类或泥溜吧。赶海人直腰抹汗时，双腿像两根柱子，深扎在滩里。

目光收近，浅水处露出木架支撑的渔网。木架歪歪扭扭，渔网挂着海带草，不知里面是否网住了鱼。

海面有几只小帆船在悠闲地行驶，似乎是漫无目的。船上的人，不知是在放线钓鱼，还是在拉小网。这样的场景，延崇诚看着眼熟，看着亲切，好像置身于沙堆子海边。不仅泥滩相似，就连这里黄泥浆子一样的海水，都和沙堆子沿海极其相似。

船靠风推和惯性继续向潮印逼近。潮退，船进。水越浅，混浊度越高，简直就是黄泥汤了。

一个船工持挽篙量水，报："水深二尺半！"

延崇诚心里一悸。再有十几分钟，船就会搁浅在泥滩上。只有等晚上涨潮时再登岸了。延崇诚应该想到，安河的港口受潮水限制，毛口也不例外。但即使想到了，也别无他法。

在泥滩上和浅水处觅食的海鸥成群飞来，围绕两艘木船"啊""啊"地叫，叫声令人心惊。发现不是归来的渔船后，海鸥们又失望地飞走，雪片一样落到泥滩上或浅水处，寻找新的食源。

面对一大片烂泥滩涂，延崇诚心烦意乱。

船工量水，拔上挽篙，看着水迹，又报："水深二尺！"

延崇诚心里又是一悸。

眼看就要搁浅了。

"慢！"延崇诚朝在船尾掌舵的惠安海挥了一下手。

惠安海急忙扳舵。船头向西，船身横着与岸平行。此时惯性仍在发挥作用，风的推力大于退潮的逆流阻力，船仍小幅度向潮印横移，但搁浅的速度明显慢了下来。

一旦搁浅，船底就吸在了滩上，进不能进，退不能退，有突发情况会非常被动。

延崇诚遥望着毛口镇两侧的荒山秃岭，隐约感觉到了潜藏的危险。

"就地抛锚，待涨潮时再靠岸？"延崇诚看向众人，有些拿不定主意。

不能登岸，大家都很焦急。两艘船在海面停泊，目标太大。船老大惠安海的意见是抢滩。这一带海底是泥滩，不会硌坏船。抢滩搁浅，等潮水退净，大队人马可以下船，踩着泥滩登岸。

"这些粮食物资，如何搬运？"延崇诚皱着眉头问。人走在泥滩上都会陷脚，何况还背负重物，行走在上千米远的烂泥滩上？再说，岸上的情况并不明朗。五十多人手提肩扛，大白天走在泥滩上，怎么说都太招摇了。

惠安海想想，也觉得抢滩登岸有些草率。

"你们都说说看法。"延崇诚征求副区长曾达成、中队长那光涛、农会会长邢家发的意见。

曾达成和那光涛好像商量好了似的，都认为应该抢时间，早些与县委机关会合。意思不言自明。

这是他们此行的初衷。急忙慌促地改道毛口，不就是想与县委和县大队会合吗？

"你觉得呢？"延崇诚问邢家发。

邢家发本不想发表看法。在这帮人里，区长、副区长、那队长属核心层，主意应该由他们来拿。但是眼下意见分歧，延崇诚又特意征求他的意见，他不得不说出自己的想法："我觉得，踩着泥滩登岸太冒险，要是有人陷到了泥滩里呢？更不要说被坏人看见了，去向国民党军告密。"

船上的人都听明白了，几个领导意见相左，曾达成和那光涛坚持抢滩上岸，区长和邢家发认为那样做太冒险。到底应该怎么办？都在深思，不知如何是好。

这时候，在人圈外围的副中队长皮立巍非常急切地大声疾呼："区长！我们应该赶快登岸！上了岸，我们就安全了！……"

伊翎韵和邢志永都愣住了。皮立巍比曾达成和那光涛更直截了当。

"人家领导在商量事，怎么就显出你啦？"邢志永冲皮立巍瞪了一眼。

"区长发扬民主，征求意见，我不能说话？"皮立巍反驳，又焦急地看着延崇诚，"区长！我们可以东西不拿，人先上岸！再磨蹭下去，要误大事的！……"

"东西不拿，不要啦？"邢家发问皮立巍。

"我们先上岸，等着，等潮水涨上来，船靠岸了，再……"皮立巍的思路总是跟别人不一样。

"上岸等，和在船上等，不都是等吗？"邢志永也忍不住，插了一句。

"等和等，不一样！"皮立巍不看邢志永，非常迫切地看着延崇诚，"区长！……"

延崇诚也拿不定主意了。他当然渴望早些与县委机关和县大队会合。但是县委机关和县大队在哪里，他们并不知情，只是猜测可能在碧流江一带。碧流江流域几百公里，就算真在那一带，寻找的难度也非常大。在一切都是未知的情况下，

毛口有敌情

冒险登岸是绝对不可取的。

延崇诚看着皮立巍："就算空着手，上岸也不容易，一旦踏上泥滩，就没有退路了。"

副区长曾达成说："我的意见是，要上岸，就人和粮食一起上，上了岸就出发，去找县委。在岸上等，和没上岸，有什么区别？"

皮立巍有些尴尬："我的意思就是，赶紧上岸。"

曾达成正心烦意乱。爱人是和他一起从山东过来的，在县委工作，已经很长时间没有见面了，也联系不上，孩子还扔在山东老家。昨天禹平到贝城岛通知转移时，曾达成想问问爱人的情况，但因为是私事，没好意思开口，他想反正很快就能会合。此时，他担心会有变数。按白天的潮汛推算，晚上九点左右才能靠岸。要在海面漂悠五六个小时，太难熬了。如果因为耽搁了这五六个小时，敌人从安河打过来呢？那就又断了一条退路。他有替自己考虑的因素，更是替整个队伍的安危着想。

那光涛说："两艘船，这么多人，在海面漂着，显鼻子显眼的，越耽搁，越危险，还是早些上岸好。"

邢家发急忙说："我看还是再等等……"

"邢会长太谨慎了吧？"那光涛不满地看一眼邢家发，焦急地对延崇诚说，"区长！再犹豫一会儿，潮退得更大，上岸的路就更远，上岸也更难了。"

皮立巍急得直跺脚，船板连着响了两下："区长！赶紧上岸吧！不能再犹豫了！"

延崇诚眯缝着眼睛，谁也不看，只看向滩涂："这片滩，和我家乡沙堆子前海的滩一样，是软泥的，我们叫'烂泥滩'。烂泥，比豆腐还软，踩上去，烂泥有多深，脚腕就陷多深……"

他手指着五六百米远处泥滩上一个正在艰难迈步的赶海人，后脚费力地拔出，挪到前面变成前脚，不用踩就陷了下去，再费力地拔出后脚……

"你们看——他这一步迈了多长时间？"

"那是一个……上了年纪的人吧？"中队长那光涛眯缝着眼睛，不敢肯定地说。

"你再看，他的脚从泥滩拔出来，拔得那个费劲，脚落下去，落得那个轻松。能不能看出，泥滩有多深？"延崇诚问。

距离太远，不好判断。那光涛没有吱声。

那个量水的船工听了延崇诚的话，又竖起挽篙，将篙尖插到海底，没怎么用力扎，篙就下去了。拔出篙，看着篙上沾的黄泥，报："泥深八……"又更正，"九寸！"

"同志们！九寸有多深？快到小腿肚子了。不要说九寸，就算半尺深，我们走一步陷一步，步步陷脚，这片滩一个小时都走不完。是不是？体力耗尽了，就算我们能够顺利上岸，也没有战斗力了。"

大家都走过沙石滩，走一步退半步，那个累啊。走烂泥滩，脚陷下去，拔出来，再陷下去……多长时间能迈出一步？想想都打怵。

毛口有敌情

船工又转到另一舷量水，报："泥深，一尺一寸……"

大家听了，都有些发蒙。这么深的泥，成烂泥塘了。

"何况，邢会长提醒过，要是有人陷到了泥滩里呢？要是被坏人看见了，去向国民党军告密呢？"延崇诚拧紧了眉头，瘦削的脸颊涂上了一层迷茫的神色。

一时间，大家都沉默了。

还有一个不宜抢滩登岸的原因，延崇诚没说。后面县政府的尖头船，一旦搁浅，就偏在了滩上，刀子一样的船底会深深嵌入泥滩，一侧的船帮也会紧紧贴在泥滩上，时间长了就会下陷并吸住。尖底船在这样的泥滩上搁浅会有怎样的后果，那艘船上的船老大一定清楚。但时间紧迫，延崇诚不想在这个问题上过多纠缠。

邢家发咬着腮帮子补充道："船漂着，可进可退；一旦抢滩，遇到危险就抓瞎了。"

"船在海面这么漂着，不是更危险吗？"那光涛仍然不服，甚至有些激动，不敢驳延崇诚，就冲邢家发嚷，"别不懂装懂好不好？"

"说谁不懂装懂？"邢家发也不示弱，国字脸涨红了，腮帮子咬得更紧，"事关这么多人的安危，贸然抢滩，出事了谁负责？！……"

"你！……"那光涛没想到邢家发这么戗他，气得说不出话来。

"老邢！"延崇诚用目光制止邢家发，又看向曾达成，意思是要赶紧拿定主意，不能再争论不休了。

曾达成刚才还坚持尽快上岸，听了延崇诚和邢家发的分析，也犹豫了起来。

"曾区长！……"皮立巍几乎是央求曾达成，"不能再耽搁了，赶紧上岸吧。"

曾达成看了看那光涛和皮立巍，又看了看邢家发，瞪起眼睛："吵什么！听延区长的。"又转对延崇诚，"延区长，你定吧！家有千口，主事一人……"

"曾区长，越是这个时候，越不能冒险！冒险就是赌博，我们赌不起啊！"延崇诚说。

邢家发又跟了一句："区长，不能抢滩！……"

四

延崇诚主意已定，转身对惠安海："惠船长，现在——"

他刚要宣布"就地抛锚"的决定，突然"乒——乒——"，岸的方向传来几声清脆的响声。空气产生了轻微震荡。每个人的耳朵都受到了惊动。

这是什么声音？大家面面相觑。

是枪声！

区中队的人马上做出了判断。

岸上有敌人？是敌人在开枪？难道敌人发现了我们？

不可能。枪声离岸边很远，子弹也明显不是朝这边飞来。

毛口有敌情

中队长那光涛下意识地从腰间拔出短枪，想想这是在海上，又把枪插入枪套，绝望地说："毛口镇……已经被敌人占领了。"

副中队长皮立巍不信，眉头紧皱："队长！怎么知道不是我们的人在镇上开枪？完全有可能是县大队的人，在惩处汉奸恶霸！"

他总是和别人唱反调，习惯性反驳别人。

又是"乒——乒——"两声枪响。

那光涛说："这不是我们人的枪声。不是！再说，县委和县大队绝不会到显鼻子显眼的毛口镇，而且还要开枪，生怕敌人不知道吗？"

皮立巍一时语塞，满脸通红。

延崇诚说："那队长分析得没错。目前的形势，我们要采取隐蔽策略和打游击战术，不可能公开暴露。我听说，内战开始时，国民党军都换上了美式装备，枪支当然也换了。那队长对枪声的判断是对的。"

副区长曾达成愣得像木头人一样。幸亏没有冒险抢滩。这要是船搁浅了，大队人马走到半滩，是进，还是退？

"区长！我又犯了急躁的毛病。"皮立巍满面羞愧。

邴志永看着皮立巍，揶揄道："皮队长！你还敢说上了岸就安全了吗？敌人已经占领了毛口，我们上得了岸吗？"

皮立巍想发作，又理屈，怒视着邴志永："我又不是诸葛亮，怎么知道毛口已经被敌人占领啦？马后炮！"

"你跟着瞎乱起哄，差点误了大事！"邴志永不依不饶。

曾达成和那光涛听了，脸色都很难看。

"邴班长！你能不能嘴上有个把门的？"延崇诚冷着脸道，又安慰皮立巍，"谁都不是先知先觉，情况是在不断变化的，都是为了党的事业不受损失和少受损失，有想法一定要说出来。"

"区长！我知道了。"皮立巍诚惶诚恐，脸色还没有缓过来。

那光涛刚才还坚持要抢滩登岸，这时候一百八十度大转弯，瞪着两眼对延崇诚说："区长！事不宜迟，快下令吧！"

副区长曾达成也清醒过来，说既然敌人已经占领了毛口，我们待在这里就非常危险，更不能上岸！

船老大惠安海更是惊出一身冷汗。如果不是因为争论耽搁了时间，船恐怕已经搁浅……他不敢想下去，不待延崇诚下令，立即转舵。

延崇诚也后怕得要命。如果不是邢家发的坚持，如果邢家发也认为应该抢滩登岸，那就是老曾、老那、老邢、小皮四个人意见一致，惠船长也有抢滩登岸的打算。如果形成那样一种局面，他是不是得考虑妥协？是邢家发的不同意见拖延了时间，也更坚定了自己不能抢滩上岸的决心。

他感激地看一眼仍然鼓着腮帮子生气的邢家发。关键时候，不是支持谁的问题，而是对突发情况的判断是否理智。一旦误判，损失会非常惨重！

毛口有敌情

他也自我检讨，当时自己是准备下令抛锚的。如果已经抛锚，再打起锚，也要费一番周折。是那光涛的不同意见，动摇了他不妥的决定，等来那几声枪响。

自己总体思路是对的，就是不能赌。但没有想到最坏的可能，这不能不说是小小的失误。

延崇诚心有余悸地在人堆里寻找伊翎韵。刚才的争论，她居然没有参与，而是一直目不转睛地盯着皮立巍。

第 五 章

目标尖山岛

一

两艘船悄无声息地离开浅水区，逆风划橹，缓缓驶向海峡深处。

桅尖上的风呲楼转动得更来劲了。

"我们这是要去哪里？"中队长那光涛又沉不住气了。

延崇诚的脑子像一架机器飞快地运转着。登陆毛口港，再寻找县委和县大队的计划泡汤了，返回贝城岛更不可能，敌人已经占领了那里。这么多人何去何从？

延崇诚双手下意识地握成了拳头。可以肯定的一点是，占领毛口镇的敌人并没有发现海面这两艘木船；即使发现了，也不会想到船上载着安河县贝城区的领导和武装人员。毛口镇不是安河县的辖区。也就是说，目前，他们是安全的。

关键是下一步如何行动。

延崇诚的眼睛——与副区长曾达成、中队长那光涛和邢家发、伊翎韵的眼睛对视。他从一言不发的伊翎韵的眼神中读出某种倾向。也可能是他的误读。那会儿伊翎韵正把目光投向远处。好像在说：登陆不成，就远走！

目光转了一圈，延崇诚的思路逐渐清晰，去向明确了。他问农会会长邢家发，从这里到尖山岛和海盘车岛，有多远？

邢家发明白了区长的意图，眼前一亮，思考了片刻说，到尖山岛二十多海里，到海盘车岛三十多海里。

邢家发的主要角色是农民，年轻时出海打过鱼，对群岛的分布情况了如指掌。

延崇诚在脑海里计算着海路的远近和行船大约需要的时间，一时脑子里有些乱，但有一条是清晰的，就是下一步去往哪里至关重要。毛口以西也有几个小岛，远远能望见的就有鱼仙岛、果皮岛。但那些海岛不是安河县的辖区，更和贝城岛没有关系，离敌占区毛口还近，在对那里的情况一无所知的情况下，不能贸然前往。

他简单思考了一下，对副区长曾达成和区中队长那光涛说："我们面临的情况十分复杂，形势异常严峻！就算能在敌人防守的薄弱环节相机登陆，要找到县委和县大队也非常困难。我的意见是，去尖山岛或海盘车岛隐蔽，同时完善减租减息并开展土地改革前期工作。敌人不会想到我们去了那里。更重要的是，敌军占领辽南是暂时的，我们大部队一回援，他们就会望风而逃，会比兔子逃得还快。"

副区长曾达成皱着眉头。去尖山岛或海盘车岛，离爱人更远了。他苦笑道："现在没有别的路可走，只能去南岛或东岛暂避风头。"

"你的意见呢，那队长？"延崇诚又问那光涛。

"我没意见！"那光涛十分干脆。

说话间，岸上又传来零星的枪声。这不像是敌我双方正式交火，极有可能是敌军在到处抓人。

"去尖山岛！"延崇诚果断决定。

二

两艘木帆船迅速调整航向。逆风行驶，非常考验船老大的航海技术。惠安海是老把式，驾船跑过很多大码头，久经大风大浪，逆风侧风顺风都不在话下。

太阳西归，海面风浪增强，每艘船上二十多人，都坐在舱盖上很不安全。帆船逆风划樯称"跑偏杆"（"杆"发"敢"音），随着船头转向，帆篷一会儿向左扫，一会儿向右扫，帆篷下面坐人，很容易被扫到海里。就算兜帆的环绳向上扯，帆篷底边抬高一些，留出空隙，也有安全隐患。一旦谁忘了是在帆篷底下，突然起身又赶上划樯，就会尝到帆篷的威力。

延崇诚让不怕晕船的人下舱，腾出帆篷横扫的半径。

伊翎韵晕得脸色惨白，咬紧牙才没有呕吐。延崇诚让她下舱。伊翎韵说，下舱更晕。延崇诚逗她，从胶东渡海北上，在海上漂了几天几夜，怎么熬过来的？伊翎韵勉强一笑，说也是晕得死去活来。又话锋一转，但我不怕，我能坚持！支队首长还表扬我呢!

想起在毛口时,邢家发和曾达成他们意见分歧,伊翎韵却一言不发。延崇诚问她当时的想法。伊翎韵说,没有想法啊。

"在抢滩登岸与否的问题上,你没有想法?"

"我当时……在想别的。"

"想什么?"

伊翎韵朝后面看一眼。有人下舱了,留在舱外的也隔着几米远,有帆篷遮挡,小声说话传不过去。

她眉头微皱道:"你不觉得他很奇怪吗?"

"谁?"

"皮!"

"他怎么奇怪啦?"

"他坚持抢滩登岸啊,还说什么上了岸就安全了……"

"曾区长、那队长不也是这个意见吗?除了我和邢会长,他们的意见是一致的。"

"不!我感觉他那么迫切,那么固执,脚都跳了起来,他说话的腔调、语气,已经不像是正常的争论,倒像是别有用心!……"

"你不了解他。这人……喜欢'抬杠',往往和别人观点不一致。"

"毛口镇有枪声,他还说不会是敌人的,什么意思?抬杠,也得分场合吧?"

"你,怀疑他?"

"我觉得,'走火'事件,绝不那么简单。"

延崇诚说:"我明白你的意思。"

一个月前,皮立巍在区政府后身的大盐场土坝下,枪毙了代号"秃拐"的国民党特务。秃拐没带武器,有必要开枪吗?皮立巍的解释是不小心"走火"了。

皮立巍脾气大,容易冲动。但"走火"的解释未免牵强。你拿枪点乎秃拐,秃拐夺你的枪了吗?如果活捉了秃拐,对我们了解敌情,会有很大帮助,可惜被皮立巍一枪打死了。

究竟是不小心扣动了扳机,还是杀人灭口?

三

两艘木帆船在海面划橹,交错走"之"字形,一艘船的两面风帆向左拱,另一艘船的三面风帆向右拱,如果不是形势严峻,前途未卜,海上行船极有美感的画面,真值得好好欣赏。

从上午出发前到傍晚时分,大家都只吃了一顿饭,还因为着急忙慌而没有吃好。船上平时只做三个人的饭,一口小锅,这忽然增加了几十人,别说吃饭,喝口水都是难事。情绪紧张时,都没有觉得饿和渴。现在安顿了下来,目标明确了,要去尖山岛安营扎寨,忽然都觉得饿和渴,一个个饥肠辘辘,口腔冒烟。有谁随身带了几块早饭剩下的饼子,成了宝贝,你掰一块,他咬一口,喉结滚动着,难以下咽,又香甜如蜜。

目标尖山岛

炊事员姜师傅很惭愧，说以为能在安河吃午饭呢。早知道这样，一大早蒸他一锅饼子……

延崇诚安慰大家："坚持一下，到了尖山岛，不仅能吃上可口的饭菜，那里的鲍鱼海胆管够吃！"他想起"望梅止渴"的典故，感觉好笑。"望梅止渴"是无法实现的空想，尖山岛上的海鲜却是实实在在的。

伊翎韵也很饿，饿得都不知道晕船了。她鼓动大家说："我们才一顿没吃饭，想一想红军长征，多少天吃不上一粒米，草根树皮都吃光了，连皮带都煮了吃，那有多艰苦！"

老八路就是不一样！老曾、老那都经历过艰苦岁月。曾达成说："这点儿困难真不叫困难，东北抗联的杨靖宇将军，断粮五天，牺牲后，敌人剖开了他的胃，里面全是草根和棉絮……"老那接过老曾的话头说："区中队的同志们，都有吃苦耐劳的精神，再大的困难也能克服，是不是啊？"

饥饿就像魔鬼一样，虽然仍潜伏着，却被压制得没有脾气。

秋夜的寒冷是无法预估的。寒露和霜降之间，昼夜温差极大。谁能想到要在海上过夜呢？大家都穿着单薄的衣裤，又没有进食，哪怕喝一口热水，也能驱除些微寒意。下到船舱里的人还能暖和一些，坚持在舱外警戒瞭望的人，就冷得受不了，尤其是衣服上溅了水珠浪沫的，冷得磕牙，不由自主地打着哆嗦。延崇诚让大家全部下舱。夜幕降临后，不会有危险了，如果海面有敌人的巡逻艇，很远就能听到马达声。

曾达成、那光涛、伊翎韵、小谷子等先后下舱。

这艘木船的形状，俯瞰是头窄、中间大肚子、尾顺，侧看是尾翘、中间凹、前头平。这种形状的船"迫实"（"迫"发迫击炮的"迫"音。"迫实"即稳定性好）。船去头去尾和低洼的两舷，共有五个正方形舱盖。依次盖上舱盖，就拼出一面高出船舷的长方形大板，像门板一样平整，高耸的主桅从舱盖拔起，直冲蓝天。舱盖全部掀开，露出有板壁隔开的三个舱，前舱和后舱为船员卧室和炊间，中间的三个舱是连通的，主桅的根部栽在舱底的凹槽上，桅杆在舱口平行处被横木固定。在宽阔空旷的通舱里，粗实的桅根像立柱。和尖头尖底、身形苗条的三号杆船相比，平头平底的双桅船显得粗笨，优点是舱底平，两侧陡，容量更大。

船舱有一米多深，粮食等物资围着桅根堆放，人员分布在舱的四周，蹲着或坐着，一直腰就顶到了舱盖或比舱盖更矮的船舷背面。逆风划橹，船在转向时大幅度颠簸，舱里的人一会儿被送上高峰，一会儿又跌进深谷，还不时撞到舱壁，像坐过山车一样惊险。只有双脚蹬住什么，后背靠紧了舱壁的拐角和支撑船板的木棱，才能完全顺着船的颠簸起落，不至于被摔来掼去。舱里没有一丝光亮，漆黑得只能听到别人的呼吸声。在周而复始的颠簸和一阵紧似一阵砸向船侧的涛声中，有人呕吐得死去活来。

延崇诚不能下舱。他比任何人都紧张，压力比任何人都大。关系到五十多人的安危，他体会到了什么是提心吊胆，如履薄冰。

他也不能让惠安海一个人坚守在舱外。这样一艘说大不大、说小不小，总体属于小型行列的木帆船，是没有舵楼或舵棚的，船尾呈燕翅状上翘，大板舵顺着舵槽下到海里，停航时有木辊卷起绳索，将舵板高高地吊起来，悬在两处"燕翅"之间。在运输木帆船的行列里，大型帆船载重量可达几十万斤，双桅或三桅。双桅的，是区政府船的放大版，船长、船宽和桅杆高度，都成倍数；三桅的，和县政府的三号杆不同，非尖头，而是平头平底，主桅在中间略靠前，次桅在船头，几乎可以忽略的小桅，像一棵小树，栽在船尾高高耸立的舵棚上，其装饰价值大于实用价值。那样的"三号杆"，气势威猛雄壮，横扫八面来风，像北斗七星翻扣着的宽大舵棚，是船上醒目的上层建筑。而惠安海驾驶的这种小型木帆船，船面光秃秃的，只有桅杆和帆篷。

此时，惠安海正聚精会神，双手把牢长长的舵揽子（舵柄），不时地推或拉，牢牢地控制着随时像脱缰野马一样狂躁的船。惠安海越是到了晚上越是精神十足，神经紧绷，不敢有丝毫大意。

延崇诚坐在惠安海旁边，隔着不时转动的帆篷望向漆黑一片的茫茫大海，心事重重。

惠安海一手稳稳地操舵，一手揭下披在身上的多层夹袄。这种厚衣服当地人称为"交"，是"夹袄"两字快念的结果。

夹袄是一个船工在天黑之前递给惠安海的。

"穿上这个……"

延崇诚推让："我冷了可以下舱，你可是要一直待在船上的……"

"我肉厚，扛冷！"惠安海不由分说。

延崇诚接过沉甸甸的缀了很多补丁的夹袄，感觉非常厚实，有一股船上特有的油漆味和人体混合的气味，披上，顿觉吹在身上的寒风小多了，一股暖意包围了他。延崇诚只穿了内衣加中山装，下身是两条单裤，外裤还是"半天吊"，裤腿短了一截，早就冷透了。

"惠船长，估计什么时候能到？"

问完了，延崇诚才觉得，是问了一句废话。风向和风力不定，谁能"估计"？如何"估计"？

延崇诚的迫切心情，惠安海自然理解。夜长梦多。在海里耽搁的时间越短越好。

惠安海抱着舵揽子，一会儿奋力向怀里搂，一会儿用劲向外面推。海上行船不像在陆地，累了可以歇歇喘喘；船只要上了道，就根本停不下来，驾船的人也休想松口气。风大浪猛帆篷较劲，舵板在和海浪的搏击中发出沉闷的啪叽声，像在鼓掌；舵桄在舵槽里转动，摩擦和啃咬，发出惊心动魄的咔嚓声。延崇诚多次乘船，小时候还驾过小船，操过小舵，却没有如此深刻地感受过舵的坚忍和疼痛，更是对操大舵需要付出的体力缺乏认知。舵，决定着船的航向，这是人所共知的。在船头转向的同时，帆篷跟着反转，船身由向一侧栽歪迅速转变为向另一侧栽歪，桅杆和帆篷瞬间的"倒戈"，使船的一舷猛地抬起，另一舷深插下去，就像狠狠地栽了一跟头。抬起的一侧，船舷直立，船体大面积展露，仿佛快露出船底了；跌下去的一侧，海浪瞬间淹没了船舷，仿佛要将整艘船淹没。"划樯"的船，在掉头的瞬间越过了生死大关。之后，帆索绷紧，帆篷鼓胀，帆船的倾斜角度略有反弹，却是一直稳定地倾斜着，开始新一轮斜向行驶，在海面犁出"之"字形一个直段的轨迹。主帆和前帆像一大一小两面鹰翼，由细密的帆骨（竹竿）撑起。每一根竹竿露出帆篷外面的细梢，都拴着绳索。众多绳索呈回环状，由铃铛饼子（滑轮）统一掌控，而牵动滑轮的主绳，捆绑在舵柄上，由船老大控制松紧，调整帆篷的角度。惠安海一面操舵，一面调控帆篷的绳索，使两者配合默契，行船效果达到最佳，又不潜藏着危险。在狂风巨浪中逆行，若操作不当，会船毁人亡。

听到区长的问话，惠安海没有马上回答。船速并不慢，但走的是曲折路线，和螺旋式上升是一个道理。惠安海抱住舵揽子，想了想说："我估计……半夜前后能换风，明天早晨吧！"

换风，不用划樯了，一帆到底，当然会更快地到达。

明天早晨！延崇诚心里一亮。他不知道惠安海是为了安慰自己还是真能判断风向变化趋势。常年闯海的老把式，都练就了观天象的超能力。如果不换风，一直"之"字形划樯，明天大白天两艘帆船还在海面晃悠着，在敌情不明朗的情况下，这样暴露目标是非常危险的。他们的船，在到达尖山岛之前，一直位于贝城岛西南并逐步向正南方过渡的区域。如果是能见度好的白天，站在贝城岛南岸的高处，不用望远镜就能隐约望见这两艘船移动的帆影。多亏现在是有星无月的黑夜。

但愿惠安海的"估计"是准确的。

延崇诚又想，就算明天早晨到达，也要在海里折腾一整夜。惠安海年纪大了，承受得了吗？他想替换，但知道操舵不是儿戏，事关一船人的性命！话到嘴边又咽了回去。

船长是仅次于上帝的人。在没有航海仪的年代，仅靠罗盘（指南针）判断方向，航行于大海大洋，得多么睿智多么勇敢。用惠安海做区政府交通船的船长，除了他出身贫苦、政治上可靠，还因为他有丰富的航海经验。延崇诚悄悄脱下外套，披在惠安海的肩上。他望着漆黑如墨的海面，判断着贝城岛的方向。从毛口外海起航时，贝城岛庞大的身躯隐约伏在东方的海平线上。他们的船从贝城岛西南方向直插尖山岛，航向东南。此时，贝城岛在他的东北方向。敌人上午就占领了那里，不知岛上的群众怎么样啦？蔡大姐会不会被敌人发现？

扑上船舷的浪沫飞溅到身上脸上，全然不觉。偶有谁顶开舱盖，艰难地爬出船舱，匍匐着，完成小解，然后爬回去，钻到舱里，自己擎着舱盖，转动着合上。在舱盖开合的间隙，呕吐声像多重唱，从舱里传出。太不容易了！延崇诚感慨。

他不时望着漆黑的东北方向，夜幕下的贝城岛一无所见，只有挂在天空的无数繁星闪动寒光。身前身后，刮在帆篷上的风声、撞击船头的涛声和舵板与浪涛的撞击声、舵梃与舵槽的啃咬声不绝于耳，令人惊心。

延崇诚的心里隐隐作痛。

四

惠安海估计得不错，半夜后果真换风了。深秋季节，南风北风交替，刮北风的时候居多。惠安海估计的依据就是季节。西北风一吹，两艘木帆船顺风驰骋，不用"划槁"了。延崇诚要替换惠安海操舵，惠安海不大放心，说你能行？延崇诚说行，不行就喊你。惠安海还是不放心，叫来给他递夹袄的那个船工当帮舵；又脱下夹袄，披到延崇诚肩上。

延崇诚小时候在船上摇过橹，也操过舵。但那是更小的小渔船。在大船上操舵，扳动舵揽子更费力。船头偏了，就要正一正。舵犟，舵揽子就艮。还要随时牵扯帆篷的料绳。延崇诚本来冷得磕牙，再次披上夹袄，又一番手忙脚乱地折腾，寒意减退，招舵的成就感油然而生。

"不用你，我自己行。"延崇诚让那个船工下舱休息，"有事，我就跺脚。"

脚下就是船工就餐兼休息的后舱。

船保持匀速前进，熬过黎明前的黑暗，于次日拂晓接近尖山岛海域。当一座伞顶状孤岛的轮廓出现在船的左前方时，一夜未眠的延崇诚终于松了一口气。

东方天际，从海面擦到半空的黑云，像砌了一堵毛边墙。云墙一动不动，悬浮着，吊在尖山岛上空。深灰色的尖山岛静趴在海面，远处浅灰色的海盘车岛成为背景。从地图上看，群岛中的一个个岛坨之间有着固定的距离，但在海面看，岛坨连成片，互相遮挡，参差错落，很有层次感，却容易混淆，只能通过颜色的深浅，判断远近。

尖山岛因形状独特，又位于贝城岛正南方向约二十海里处，背后还有相隔十余海里的海盘车岛作为背景，自然好判断。延崇诚小心地驾驶帆船朝尖山岛靠近。在后舱里猫了一觉的惠安海出来，从帆篷间隙望见尖山岛就要到了，忙从延崇诚手中接过舵，说："区长！靠岸还得半个多钟头，你去歇一会儿吧。"

延崇诚已经困过劲了，又有心事，哪里歇得啦？此时，他对贝城岛群众安危的担忧更甚。他们的一路平安，并没有给他带来多少喜悦。

从日落到天黑，半小时；从天亮到日出，半小时。两艘船靠近尖山岛时，太阳已经跳出了海面，被岛屿遮住，霞光染红山坡，黑云也涂了一层亮色，如同镶了金边儿。

尖山岛，贝城岛人称其为"南岛"。能见度好的天气，从尖山岛北坡可望见贝城岛南岸的民房，从贝城岛南岸能隐约看见尖山岛北坡那处破旧小屋。北坡因冬季寒冷，没人居住，只是前几年太平洋战争爆发后，日本人在各岛设海空监视哨，监视同盟国（二战盟国）的军舰和飞机。北坡那处小屋就是设在尖山岛的监视哨，如今已残破。

两艘木帆船降至半帆，减速行驶，绕着尖山岛转了小半圈，从西南转到正南。近看，尖山岛南面呈不规则伞状，居民的苇子房、海草房分散在南坡、西坡和东坡，形成三个自然屯。三四层房屋，像梯田一样从低处到高处绕山排列，在山腰以下围出三个相对独立的居住群落。南屯下方的几间黑色瓦房，在一片草房当中非常醒目。

那是村政府办公的地方。

瓦房前面竖起一根三四丈高的木杆，名"灯笼杆"，过年过节挂灯笼用的。平时，杆顶旋转着风呲楼，用来判断风向和风力，也是一道风景。东屯和西屯，也有人家在门楼上竖起灯笼杆子，安上风呲楼，日夜不停地转，发出哗哗啦啦的响声，给沉闷的生活添一点色彩。尖山岛有灯笼杆四五根，村政府门前的这根最高，也最醒目，从很远的海面就能望见。延崇诚老家沙堆子，也有几户人家在门楼上安了风呲楼，杆子越高，就越显赫，平时风轮转，年节挂灯笼。当大户人家用铃铛饼子（滑轮）像船上涨帆篷一样把一盏红色的西瓜灯或玻璃罩的马灯升到杆顶时，延崇诚他们只有眼气和羡慕的份儿。风呲楼转着，灯亮着，彩色布嘟当拖着长长的尾巴，被风吹拂得撅起来又垂下去，真好看啊。灯笼杆子以挂灯笼为主，但挂灯笼有时有刻，风呲楼却是一年四季、白天黑夜不停地转，不停地响。这是日子宽裕的标志。穷苦人家连饭都吃不上，哪来的长木杆子，又哪来的心思弄这个？

小时候看风呲楼旋转有趣，延崇诚也让父亲用长方形木块刻一个风呲楼，中间钻孔，用铁钉穿透，插到木棍上，迎着风跑，风呲楼就转动起来。后来知道，那风呲楼正规叫法是风车，叫"风呲楼"是把"风车"两个字念白了。

他们还用硬纸折叠成四角风车，安在高粱秸上，向前推，向后拽，圆筒状的四个叶儿就飞快地正转、倒转，转得呼啦啦响，就像把无数风的声音压缩了，汇聚到一起，捧在手上。他们手持风车，奔跑着，欢跳着，玩得乐不可支。

此时，村政府门前的风呲楼正在不停地旋转，布唧当飞扬起来，只是听不到响声。

尖山岛近在咫尺，延崇诚却微皱眉头。

五

就任区长一年了，延崇诚只来过尖山岛两次。第一次来是发动群众建立各种组织，顺便把一船粮食分发给群众。

尖山岛没有成片的土地，山坡上的耕地也少得可怜，也就不存在土地改革问题。因为少有耕地，岛上严重缺粮。一百多户、三四百人的吃饭问题解决起来很不容易。日本统治时期，岛上渔霸鲁宝山和日本人设"渔业组合"，群众打鱼、赶海所获，必须交给"组合"，"组合"分配给一定的粮食。

任何渔民个人不得私自处理海产品。如有违反，抓住了往死里打。尖山岛水产资源丰富，鱼虾蟹螺、海参鲍鱼满海都是，而且因为此地水深流大，海产品品质更胜一筹。但是在"组合"的压榨下，本来能换一石（容量单位，一石等于十斗）粮的鱼虾，只配给一斗粮。群众被盘剥得苦不堪言。日本投降后，渔霸鲁宝山继承"组合"，继续垄断水产品购销渠道，群众仍被无情盘剥。延崇诚带领工作队来岛上建立民主政权，取缔了变相的"组合"，清算了汉奸渔霸，分了鲁宝山等的部分房产和财物，同时给每户分发粮食。群众翻身了解放了，革命热情高涨。延崇诚根据岛上群众意愿，让村里集中收购群众赶海、钓鱼所获，到内陆换粮，还能换回日用百货。群众的日子比以前好过多了。

岛上还缺少蔬菜，海里的海青菜、海麻线、谷穗菜、海带菜……各种营养丰富的海藻取之不尽，但不能上顿吃下顿吃，今天吃明天还吃。什么好东西吃多了都"够"（腻味）。岛上还严重缺水，缺淡水。几处水井经常处于半干涸或干涸状态。

延崇诚第二次带人来尖山岛，主要是送粮，恰巧碰上"事变"——岛上被清算的汉奸渔霸鲁宝山听说内战爆发了，国民党军队很快就会打过来，纠集了一批反动分子，夺取了村政府的公章、文件和钱款，罢免了村长，准备建立反革命的村政权。延崇诚带着武装人员上岛后，汉奸渔霸鲁宝山从尖山岛北坡乘船逃走，帮凶们受到惩戒。

这是一个多月以前的事。至今想起，延崇诚还心有余悸。如果不是正好赶上，村干部被敌人残害了，将会造成非常严重的损失和极其恶劣的影响。

处置"事变"、分发粮食后，延崇诚召开群众大会，训诫没来得及或没打算逃走的反动分子，大造声势。又发动群众，在低洼处打了两口井。因尖山岛特殊的地理构造，山岩坚实，涵水能力差，又是枯水期，久不下雨，新打的井出水量不多，且略微咸涩，有人怀疑是海水倒灌。农会会长邢家发根据岛上的地势，认为可以在山沟的底部修水池子，雨季截流，相当于微型水库。这个点子好，但是修水池子需要水泥加固池壁，不然存不住水。延崇诚已有打算，什么时候到安河整十几袋水泥，在尖山岛三个自然屯修筑水池，解决群众的吃水问题。今年雨季已过，只有明年春天施工了。

缺菜和缺水，都能勉强克服，解决岛上缺粮问题是当务之急。如果预先知道此行会到尖山岛，延崇诚一定会让船装载更多粮食。

一个多月没有联系了，不知岛上的情况如何？想起一个月前汉奸渔霸鲁宝山等人的反攻倒算，延崇诚的心情又沉重了起来。

第 六 章

兵分两路

一

两艘木帆船于朝霞满天时接近尖山岛南岸的港口。

说是港口，其实是人工修建的小石坝，伸向海面几十米远，历史上被狂风巨浪损毁了多次，每一次损毁，都轻则维修，重则重建。圆锥形的尖山岛先天不足，没有天然良港，也找不到一处可以修筑良港的海湾。

此时正是枯潮底子，岸边裸露出一大片一大片起伏的礁石和礁石之间平缓的滩涂。那些高矮错落的礁石，纹理全都朝着岸的方向，就像一群青蛙，排成杂乱的阵形，朝向却惊人地一致，都在向着岸头爬动或跳跃。这似乎与尖山岛的地质构造有关。海岛的陡峭和坚固，是以这样质地的岩石为根基的。

潮水退去，尖山岛显得更加高大雄伟。岸带的高礁上刻有潮水冲刷的痕迹，能看出高潮线是在哪个刻度。到处是裸滩，只有小石坝那儿有水，勉强可以泊船。按农历算，还是活汛潮，潮水退得远，赶海的妇女和钓鱼的男人零零散散分布在礁头和滩涂上。妇女们或弯腰，或蹲下，在海滩上扒蚬子、挖蛏蛸，在礁石上打蛎肉、薅海菜。男人则分布在礁石与海水接壤处，抡起膀子甩鲅鱼，放小船到海面钓大棒鱼（风向正好），还有一些俗称"小橛子"的小渔船在海面拖刀鱼。好一幅男男女女辛勤劳作生产自救的美好画面！

尖山岛远看像一块巨大的秤砣落在海里，近看像一只倒扣的陀螺，东北有大尖坨、二尖坨、小尖坨等蘑菇状坨子拱卫，形成独特的水口和航道。尖山岛周围水深流大，海产品资源非常丰富，退大潮时，礁石上到处是大鲍鱼、大刺螺、黑刺锅子（紫海胆）、牡蛎和各种海菜，海里的大鲅鱼（马鲛）、大刀鱼（带鱼）、牙片鱼（牙鲆）、加吉鱼（真鲷）、黄鱼（六线鱼）、黑鱼（黑鲪）……品种众多，品质优良，海参更是有五垄刺、六垄刺的。昔日，因为"渔业组合"的盘剥，群众拿一袋干海参，都换不出一袋苞米。在岛上，除了日本人和汉奸渔霸，没有人能吃到雪白的大米；别说吃，发现谁家有大米，哪怕只有几粒，立即定为"经济犯"，坐牢、杀头。那时候，群众不管是上山还是下海，都提心吊胆，日子过得更是艰难。

现在看，岛上平安祥和，秩序井然。延崇诚放下心来。

兵分两路

二

两艘帆船的到来引起人们的关注。有女人在礁石之间的滩涂上直起腰呼喊，村长换粮回来了！有男人回应，瞎说！昨天晚上刚走，这么快就回来啦？

原来村长老秦外出了，是驾着船，带着水产品到内陆换粮去了。

延崇诚心里一紧。他们会不会是就近去了毛口？从尖山岛到毛口，要比到安河近三分之一的海路。

毛口已经被敌人占领。老秦他们……

两艘船降下帆篷，在浅水区漂荡，船工准备蹬篙靠岸时，有人从小石坝旁边的沙滩上急匆匆地走下来。是一位老者，一手提着捻船用的锤子，另一手提着也是捻船用的錾子。老者身后，像尾巴一样跟着几个大呼小叫的孩童。两艘大帆船的到来，吸引了孩子们。老者一边亲昵地呵斥孩子们别乱跑，一边快步走着，边走边朝两艘船的方向挥手。

这个时候，刚才还叮叮咚咚响个不停的捻船声已经停了。那只倒扣在沙滩，像月牙一样拱起的小橛子旁，两个捻船人傻乎乎地朝延崇诚他们的木船张望。延崇诚看清楚了，提着锤子和錾子迎过来的老者，是捻船师傅石大爷。

每个岛上都要有一定数量的捻船师傅，被尊称为"捻匠"。和铁匠、木匠、瓦匠、石匠相比，捻匠更重要。其他匠人的手艺，能用在很多场合，唯独捻匠只能捻船，没有任何其他东西需要"捻"。这是一般人不愿意学捻匠手艺的原因之一。而如果没有捻匠，没人修船造船，海洋渔业就得停摆"黄摊"。总不能为了修一只小橛子到外地请捻匠吧？所以捻匠更叫人高看一眼。

捻匠活儿不好干，也使得人们敬而远之。瓦匠垒墙，偏了可以拆掉重砌；木匠锯板子、推刨子，石匠凿石料，铁匠打镰刀、斧头，对手艺的要求更高，花样更多，略有差池，也不构成重大影响；捻船就不同了，捻不好，船到海里漏了，关系到人的性命。依延崇诚的理解，木料、巴锔、捻船灰是修造木船的三要素。他们家乡那儿，有专门制作捻船灰和塞船缝的麻线出售。据说调制捻船灰很有学问，而捻船的功夫就更了不得。巴锔将木板紧密地拼凑成船形，无数的缝隙需要塞入麻线，用捻船灰封堵，錾尖对准缝隙，锤子敲击錾顶，灰、麻线与船板融为一体，牢固得即使船板破碎，缝隙也不会轻易开裂，除非年深日久，船板风干收缩，硬结的灰和麻线有所松动。那样，船就需要弄上岸，拆除船板缝隙的旧灰线，重新捻。

石大爷和那两个年轻人，就是在捻一只旧船。

小船扣过来捻，大些的船无法扣，就得架起来，人在船底下操作，很辛苦。年轻人不愿意学捻船，岛上又不能没有捻匠。上次来尖山岛就听村长老秦说，石大爷在带徒弟。

不知徒弟带得怎么样啦？看那两个年轻人，表情木然，一副无心向学的样子。

兵分两路

月牙状扣着的小船位于两条简易铁轨的上方。铁轨已经弯曲，并且被海水腐蚀得锈成了黑紫色，仿佛一碰就会掉锈渣。那是小坞道，像是一架从海里通向岸头的梯子。小坞道用于稍大一些的船上坞或下坞。小坞道尽头的沙滩上架着一只小船，滩上有火苗在升腾，燎烤着船底。延崇诚知道，那是在"烤"船，烤死钻进船板里的海蛆。烤完以后，船板上也会留下蛆虫钻凿的孔洞，但总比不烤让蛆虫把船板蚀空了强。

三

望着石大爷朝小石坝急匆匆地赶来，延崇诚叫停了准备蹬篙靠岸的船工。他了解岛上的情况。这么多人突然登岛，别的不说，住宿就是大问题。之前就想过这个问题，因为是撤退和隐蔽，很多重大问题需要操心，能平安到达尖山岛就是万幸，这个问题就没有考虑太多。现在，问题摆在面前了。

两艘船已经靠得很近。

延崇诚和副区长曾达成商量，五十多人上岛，岛上压力太大，是不是这样——咱俩分工，你带一部分人在尖山岛登陆，我带一部分人乘船继续向东，去海盘车岛隐蔽并开展工作。

曾达成略一犹豫，就爽快地说："兵分两路，一举两得，好！这样——我带人去海盘车岛吧。"

曾达成说着，转身，一个箭步，跳上了刚靠过来的尖头船。

"哎——"延崇诚没想到曾达成这么性急。

从停船的位置看不见海盘车岛。远在东北海面的那座岛屿，此时被尖山岛遮住了。从尖山岛到海盘车岛跑侧风，得在海上航行两三个小时。五十多人都是一天一夜没吃没喝，留下的同志很快就能吃上热乎饭，继续东去的同志还得接着挨饿。

延崇诚说："曾区长！还是我去海盘车岛吧。我也正想去看看那里的情况。"

曾达成执意不肯："你看我都上了这条船。我身体比你壮。"

延崇诚两手把着船帮，想往尖头船上迈。两船时分时合，缝隙一会儿大一会儿小，延崇诚比量了几次，没迈过去。

曾达成说："延区长！这么点儿事，不用争来争去。谁去不一样？"

"好吧。"延崇诚也觉得不必争来争去，放弃了迈到尖头船上的努力，"这样一来，你们就更辛苦了。"

曾达成笑一笑，说大风大浪都熬过来了，接下来这点儿苦算什么。

曾达成是八路军的副营长，县委安排他协助延区长工作，起初他不以为然。延崇诚太年轻了，虽说有文化，但明显缺乏斗争经验。搭档了一年，延崇诚对曾达成尊重有加，说话推心置腹，坦诚相待，曾达成对延崇诚也由衷佩服，觉得这个年轻区长有主见，能担事，自然也就多了几分尊重。

现在，不得不分开了。

在人员分配上，曾达成的意见是多留下一些武装人员。

延崇诚说，尖山岛相对安全，你不也看到了，群众安居乐业，一派太平景象，没必要多留武装人员；海盘车岛地形复杂，人员也复杂，你多带些区中队的同志过去。

商量的结果是，留下农会会长邢家发、妇女主任伊翎韵、区中队副队长皮立巍、通信员小谷子、区政府部分工作人员及区中队一个班（七名）战士，总共二十多人。曾达成和中队长那光涛带领区中队另外四个班的战士和几名区政府工作人员，总共三十多人，乘坐县政府的三号杆交通船继续东行。延崇诚知道海盘车岛因远离大陆，粮食更缺，就决定分出一半，让大家从区政府交通船的舱里搬出粮袋，递到县政府的三号杆船上，也不用下舱，就摞在舱盖。

区中队副队长皮立巍本来应该上县政府交通船，与副区长曾达成、中队长那光涛和区中队主力一道，前往海盘车岛。但因为皮立巍晕船非常厉害，在舱里时连胆汁都吐出来了，连累整个船舱的人都晕了，他自己更是感觉生不如死。"不行了不行了……"皮立巍双腿颤抖，迈船帮时站立不稳，差点从两艘船的缝隙掉到海里，幸亏延崇诚及时拽住了他的胳膊，顺势一丢，他就又跌坐到了舱盖上。

"你留下！"延崇诚说。

两船就此分开。

县委交通员禹平本想和延区长在一起，但他要跳到区政府交通船上时，因为皮立巍的耽搁，错过时机；再要跳时两艘船已经分开。他想喊，让两艘船再靠近，他要留在尖山岛，和延区长在一起。嘴张开了，却没有发出声音。

他是县委工作人员，负责和贝城区的联络，留在哪艘船上都无所谓。他有理由和延区长在一起行动，也有理由坚守在县政府的船上。目标一致的话，这都不是事儿。但是现在，县政府的船要去更远的海盘车岛，他就有些郁闷。他求助般看着延区长，希望延区长能挽留他，但延崇诚的关注点在晕得死去活来的皮立巍那儿，别无他顾。

两艘船的距离越拉越大。禹平又一次错失机会。

县政府交通船上，船工蹬起挽篙，像打哑谜一样喊着号子，船缓慢后退。

延崇诚和邢家发等人站在船舷，朝尖头船挥手。延崇诚眼含泪花，瘦削的脸颊涂了一层阳光的色彩。

延崇诚小声喊："曾区长，那队长，再见！禹平，再见！……"

曾达成和那光涛站在船舷，冲延崇诚挥手。

曾达成的眼睛也湿润了，回应："延区长，保重！……"

"再见！……"

"保重！……"

禹平朝延崇诚挥手，勉强笑着，心里却五味杂陈。

兵分两路

县政府交通船掉头，升帆，压抑的号子声响起来。声音半憋在嗓子里，越是憋着，爆发力越大。随着喊声，大中小三面紫色帆篷直升到顶，满帆向东疾行。帆篷在风中抖动，掠过火红的朝霞，挂着天边的彩云，偏着身姿，很快隐入尖山岛东侧，被山坡遮住。

第 七 章

心事重重

一

"石大爷，是您啊！"

送别老曾他们，区政府的交通船缓缓靠向小石坝。这时候，石大爷已经在坝上等候。此时正是低潮，潮水还没回头，坝高水低，延崇诚仰起脸，朝石大爷打了招呼。

石大爷眉开眼笑："延区长哎，我老远看见这船篷，就知道是区政府的船！那艘船我就不认识喽。"他指着海面上正往东驰骋的三号杆尖头船。

延崇诚说："那是县政府的船，去海盘车岛了。"

"船上有县长吗？"

"没有。有曾区长和那队长他们。"延崇诚笑了，"您，挺好的吧？"

石大爷自顾自说下去："老秦不知道你们来，昨晚就驾船外出换粮了，装了一船鱼和蚬子蛎子，这工夫怕是早就到了毛口，那边水浅，不知道赶没赶上退潮那一流儿；要是没赶上，就得傍晌涨潮时靠岸喽。"

"秦村长他们，去了几个人？"

"三四个吧，会计也去了。"石大爷说，"换粮是大事，每次都是老秦挂帅。"

"这么说，村干部都出去啦？"

"他们要是提前知道你们要来……"石大爷急忙替秦村长解释。

"哦，没关系，反正我们要在这里多待一段时间。"延崇诚又问，"岛上没什么事吧？看群众赶海的赶海，钓鱼的钓鱼，挺安定的。"

石大爷说："这都是托共产党的福啊。自从上次赶跑了鲁宝山，岛上的几个顽固分子再也不敢'夯翅'了！就连'梗梗'了多少年的哈大肚子，现在见了谁都点头哈腰。"

船与岸坝平行了。两个船工在船的外侧蹬篙。船横着移动。快靠近了时，延崇诚抓起船头的缆绳，向小石坝上抛去。石大爷丢下手里的锤子和錾子，接住落在坝面的绳环，扯起来，拖到前头，套到坝边的石柱上。

延崇诚对石大爷非常敬重。他第一次来尖山岛开展工作时，石大爷就带头替自己的孙子报名参军。后来听村长老秦说，石大爷的儿子是运输船上的船老大，在出海打鱼时参加秘密运输队，从大连地区往胶东抗日根据地运送钢材、粮食、炸药、食盐等军需物资。那几年，附近各岛参加海上秘密运输的渔船货船达上百条。石大爷儿子的船在一次夜间航行时遭遇日寇的巡逻艇，被逮捕壮烈牺牲了。现在的石大爷是烈属和军属，用老根据地的话说，是"堡垒户"。

石大爷拴好缆绳，又捡起丢在坝上的锤子和錾子。

"您那两个徒弟，"延崇诚朝沙滩努努嘴，"怎么样，愿意学吗？"

"还凑合吧。岛上几个会捻船的，都像我一样，老天扒地的，快干不动了。青黄不接啊！"

"怎么您一离开，他们就停啦？"

"啊，我不在跟前，他们不哈胆，怕捻坏喽！"石大爷哈哈笑着。

船靠上了小石坝。大家把粮食从船舱搬出来，堆到船舷。从船舷到坝顶有一米多高的落差。一个船工端起桥板，从船舷斜搭到坝上。延崇诚让晕船晕得轻的人先上，上去之后，再回身接粮袋，摞到坝面。

"区长！又送粮来啦？"石大爷又惊又喜。

"啊，这回是当捎带。岛上还是缺粮严重吧？"延崇诚抱起一袋粮往桥板上递，眼睛看着石大爷。

"可不是嘛，有几家都揭不开锅了，"石大爷说，"全靠海青菜、海麻线充饥……"

这个季节的海麻线，已经老得又厚又硬，咬不动了，如果不是饿急了眼，谁吃那个？

"石大爷！我们带的粮食不多，每家分个三四斤吧。等秦村长他们换粮回来，就好办了。"延崇诚说。

第七章

心事重重

石大爷说："延区长哎，你们可真是，真是雪中送炭啊！"

延崇诚没有说毛口那边已经被敌人占领的事，心却一直悬着。按说，敌人是暂时占领，矛头指向人民政权，不会对普通百姓下手。但不能不考虑逃走的汉奸渔霸鲁宝山和敌军勾结。如果鲁宝山隐藏在毛口，和打到那里的国民党军会合，老秦他们在不知情的情况下到毛口换粮，就很危险了。

十几袋玉米面和高粱米在坝上过渡了片刻，就被体力好的战士们一趟一趟扛到山坡上的瓦房里。瓦房以前是"渔业组合"的衙门，如今是村政府办公的地方。

晕船严重的皮立巍勉强能站起来，待人们从桥板上走过，他才伸了几次脚，试探着要踏上桥板，却因为桥板太陡，又跐了下去，人也向前扑，扑倒并抱住了桥板。

延崇诚见状，从桥板退下，拉起皮立巍，调整好角度，哈下腰，让皮立巍趴到自己肩上。

"区长！……"

"动作快点！"延崇诚非常着急，看皮立巍年轻力壮的，没想到晕船这么厉害，连伊翎韵一个女同志都不如。他着急在毛口抢滩上岸，会不会和怕晕船有关系？

正忙着收拾舱内污物的两个船工见状，赶紧出舱，一个说我来吧，另一个说还是我来吧。都哈下腰，做出背的动作。

延崇诚也晕船了。主要是划樯那阵，船颠簸得像不倒翁，颠得五脏六腑都挪了位。从毛口外海到尖山岛，前半夜是逆风逆浪，除了船工，几乎没有人不晕。延崇诚一直没有下舱，后来又操舵，精神高度集中，晕劲儿很快就过去了。

延崇诚晕劲是过去了，但是饿得浑身没有力气。看看两个船工，都是四五十岁，哪能让他们背。就说，我来，你俩搭把手吧。

皮立巍有些扭捏。他怎么能让区长背呢？看看蹲着的延崇诚，又看看两个同样蹲着的船工，不知如何是好。

"区长！我……"

"你又不是大姑娘，有什么不好意思的？"

皮立巍被延崇诚说笑了，只好趴到他的后背上，右手把腰间的匣子枪往外扒拉一下，怕硌着区长。

延崇诚背着皮立巍，咬一咬牙，直起身，略微摇晃了一下，稳住了，双腿颤抖着，踏上同样颤抖的桥板，脚趾蹭住桥板上的横棱，艰难地，一步一步向上迈。

桥板只有一尺多宽，稍有不慎，脚一趄，就可能摔下去。

两个船工在两侧提心吊胆地搀扶着，邢家发和小谷子在上面接应，总算走到桥板的尽头。延崇诚将几近瘫软的皮立巍放到地上，喘息片刻，吩咐邢家发等人，把皮队长扶到村部，弄点开水给他喝……

皮立巍急忙说："区长，我自己……能走。"又羞愧难当地说，"我真没用，给区长和各位……添麻烦了。"

"你好好休息一下。"延崇诚看一眼皮立巍，又转身对脸色苍白、嘴唇干裂的伊翎韵说，"你，负责分发粮食……"

正从后舱往外搬铁锅的姜师傅闻言，愣了一下。

心事重重

延崇诚明白他在想什么，说："秦村长今天不回来，明天就回来了，粮食不是大问题。"又说，"锅就不用拿了，村里有。咱们今天都住那里。"——他指着山坡上那几间独立于屯落之外的青砖瓦房。一条分岔的陡坡直通到房前的矮墙那儿。笔直纤细的灯笼杆上，风呲楼正欢快地转着，马尾巴一样的布唧当飘成舞蹈的模样。

姜师傅又把锅放回舱里，叼起烟袋对船老大惠安海说："放在船上，你可给看好喽。"

惠安海笑道："一口破锅，还当宝了。"

姜师傅不乐听了，说："这口锅对于我，就像这条船对于你一样，不是'宝'是什么？"

伊翎韵也晕得难受，一踏上陆地就精神了。她盯住延崇诚的眼睛问："粮——怎么个分法？"

延崇诚说："上群众家借个瓢，一户先一样分一瓢，解燃眉之急吧。"

石大爷打发几个顽童到各家各户通知，来村里领粮。家里没人的，就是都在海里忙碌。这个时候潮水已经上涨，有的妇女急忙从海滩上岸，回家拿个盆或袋子，兴高采烈地上村里领粮。

二

大家都饿得肌肠辘辘，姜师傅急着做饭。厨房是瓦房东侧的小厢房，只有一间屋子大小，锅有，炊具也有，可这饭怎么做？粮食是自带的，没有菜啊！巧妇难为无米之炊，没有菜，这饭也不好做。

正叼着烟袋发愁，一帮妇女从海里上来，走在前头的是石大爷的儿媳，大家称她石嫂。她男人牺牲，大儿子参军，现在是村里的妇女会长。她穿着蓝色斜襟褂子，拐顶补着针脚细密的补丁，布纽扣从领口一路斜着向下，从腋窝垂下来，直通衣襟下摆，显得非常整洁利落。

石嫂领着妇女们送来刚从海里扒的蚬子、打的蛎肉，还有海菜。

石嫂说："不知道你们来，晌午饭就凑合吧，下黑叫他们送些鱼来。"

延崇诚急忙道："石嫂，下午我们自己去弄，不麻烦大家了。"

石嫂不过意地说："你们不少人都晕了，能下海啊？算了。"

"没事儿。退潮还得会儿呢。我们下午钓鱼。"

"你们有会钓鱼的？"

"我是老钓鱼的，不过都钓的是小鱼，胖头啦，黄鱼啦。咱们这儿能甩到大鲅鱼，我得去试试手气。"

石嫂自豪地说："在咱们尖山岛，要想吃鱼，拴把钩，挂上喂子，现钓现炖……"

延崇诚非常向往地搓着手，几乎是摩拳擦掌："这不，渔线渔钩都现成的，钓个三四条大鲅鱼，就够我们这些人吃的了。"

石嫂看一眼窗台上缠着厚厚"八生线"（由八股线编成）的木板。那是染了猪血的渔线，硬撅撅的，抻开了有上百米长，拴上钩就能钓鱼。

她说："秦村长他们有潮就钓，好去换粮啊！"

这一说，延崇诚又想起毛口那边不知是什么情况，心就吊了起来。

三

吃饭是在瓦房的正间。

削木为筷，泥钵盛菜，手抓饼子。这一顿早不早、午不午的饭，大伙儿吃得比哪一顿都香。

村部有三间闲屋，铺上干草，就地休息，有人很快就进入梦乡。伊翎韵跟妇女会长石嫂说好，住她家。

大家打地铺的时候，石大爷对延崇诚说："这房子，太旷了，夜里肯定冷，不如分散到各家各户住。"

延崇诚说："不行。已经给群众添了不少麻烦，这点儿困难好克服。"

"说麻烦就见外了，咱们是谁跟谁呀？"

"分散住有个问题——"延崇诚郑重地说，"一旦有突发情况，集合都来不及。"

"这倒也是。"石大爷说，"叫大伙给你们送些被褥吧。"

"也不用。都带着行李呢。"延崇诚说，"现在天还不太冷，冻不着。"

延崇诚也眯了一会儿。心里有事，睡不踏实。要在平时，不管多困，只要闭上眼睛眯一会儿，马上就解乏，精神头全都回到了身上。这会儿不行，他感觉昏昏沉沉的，坐在草铺上，揉了揉眼睛，总觉得精神恍惚。他心里牵挂着曾达成他们，不知什么时候到达海盘车岛，也不知那里的情况怎么样；贝城岛的情况更是一无所知，敌人已经占领了那里，蔡大姐不会有事吧？秦村长也没有消息。三头牵挂，延崇诚心里很乱。

估摸着潮水，又开始退了。延崇诚喊大家起来，说咱们也不能白吃群众赶的蚬子蛎子，能动弹的，都下海去，能赶什么赶什么，能赶多少赶多少……赶多了，留给秦村长他们去换粮……

赶海喽！——

大家都抖擞精神，嗷嗷叫起来，一个个挽腿撸胳膊，摩拳擦掌，喜悦之情溢于言表。

延崇诚让姜师傅等几个人留下，并对皮立巍说："你就别去了，好好休息。"又说："邴志永，你脚崴了，也不要去了。"

邴志永的嘴咧了一下，说："已经没有感觉了，你这一说，又疼了。"说着撸起左腿的裤腿，露出脚踝。

延崇诚看了一眼，说："还是有点肿，躺着，别动了。"

延崇诚转向众人，严肃地宣布了一条纪律，不得透露国

心事重重

民党军队侵占安河和毛口的情况，以免岛上人心惶惶，更要防止坏人有机可乘。总之，任何时候，都要提高警惕。

年轻力壮的，都跟着延崇诚奔下山坡，扑向海滩。因为快黑潮了，在礁石和海滩上捡海螺、扒蚬子、挖蚆蛸收获不大，海菜倒是薅了不少。有人手划破了，脚割出了血口子，疼得从牙缝"咝咝"抽气。

海边有一只半搁浅在沙滩上的平头小舢板，尾部随波浪起落，船头与沙滩摩擦，发出艮嗞的声音。延崇诚借用这只小舢板出海钓鱼。他跳上舢板，回头问跟来的小谷子："这么小的船，你坐过吗？"

小谷子摇头。

"敢坐吗？"

"敢！"

"你游泳怎么样？会水吗？"

"会水"是会游泳之意。

小谷子懂，说："我会狗刨、会仰泳、会踩水……"

"连'踩水'你都会？"

"老师您忘啦？学校揽澡比赛，我得了第二名……"

"哦，那行。"延崇诚说，"上来，跟我去甩鲅鱼。"

小谷子爬上了小舢板，船头就压在了沙滩上。延崇诚又跳下来，推着船头，推得小舢板浮了起来，再跳上去，操起大橹，一支一板、有模有样地摇了起来。

这样的小舢板，传说最初是两长一短的三块木板烤弯了拼凑而成，故名"三板"，后演变成"舢板"。这种只能承载两三个人在海上作业的小船，渔家也称作"二人舨"或"三人舨"，也有人昵称为"船崽"，用来为大船"摆渡"，运送物资和人员。小舢板傍在大船旁边，样貌是大船的微缩版，安静得就像小崽儿，依偎在母亲身边一动不动。小舢板没有帆篷，没有舵，比木帆船更原始，船上配一支橹，既是动力，也管方向。船小好掉头，橹片一扳或一推，船头就转了。

这只小舢板有船舷，舱口不大，更接近木帆船的形状，摇橹的人站在后舱。大橹一摇，船头就左拱右拱。有的舢板尖头敞口，没有舷，船板围成一个舱，是"三板"的放大版，装卸物资方便，摇起来也很轻灵。

比舢板大些的"橛子"，有一支小桅，出行时可借风力。有桅就得有舵，并且有橹，双管齐下，配置得有模有样。有的船尾宽，固定着两个橹锥，可单人摇，也可双人摇。双人摇橹时，身体一俯一仰，姿势一模一样，看上去很美，船速也更快。再大些的船，像区政府船这样大的，就没有橹了，有橹也摇不动船。

摇橹是个技术活儿。延崇诚父亲在被抓去东老滩晒盐之前，给一户富渔（相当于农村的富农）当雇工，使小船，下小网。延崇诚上学时，有空就到船上帮父亲，涨篷、操舵、放网、收网。摇橹，就是父亲手把手教会他的。那只船，比这只舢板大了好多，中间有一支桅，船呈"山"形，有风时用篷，没风时摇橹。

心事重重

橹的构造极有学问。长长的橹柄在和橹片衔接的地方，镶了一个方方正正的木块，木块正中是半球状凹陷的橹碗。摇橹时橹碗卡在船尾的球形橹锥上，橹柄拴一条名"橹绷"的短绳，绳端的挂钩钩住固定在船板上的铁环。橹柄抬起，短绳抻直，大橹倾斜，橹板插入海中，与船尾形成恰到好处的夹角，左手握住橹柄，右手拽住橹绷，双脚一前一后蹬住船板，保持稳定的姿势，双臂反复推直、搂弯，身姿也顺势前倾、后仰，前后分开的双腿轮流着弯曲和绷直，光滑的橹柄和毛糙的橹绷非常听话地左右舞动，橹片在水中像钟摆一样左拨右划，划出优美的弧形波浪，橹锥摩擦橹碗，发出优美动听的"咿呀"之声。

刚开始摇橹，橹碗扣到橹锥上，扣住了，可是一推橹柄，橹就掉了，磕到船板，扑通一声，还要再把大橹扶起，橹碗对准圆球状、磨得光光亮亮的橹锥，费力地安上。延崇诚心灵手巧，失败了几次，就在父亲的指导下掌握了摇橹的要领——橹碗平着扣上橹锥，橹片入水后立即侧转。橹片扒海浪的力和手腕扳橹柄的力像杠杆的两端，橹锥就是杠杆的支点，两端用力，橹碗就死死咬在支点上，摇起来，橹碗在橹锥上全方位无死角转动，却不会掉下来，反而越是用力摇，橹碗和橹锥咬合得越紧。摇橹时，橹的左右摆动和身体的前倾后仰，构成一幅美妙的画面，船头随着大橹摇动的节奏，左拱一头，右拱一头，拱来拱去，就拱向了前方，像小角度短距离"划楫"，在海面划出蛇行的航迹。

最难忘的是有一次，海面有风浪，小船左颠右晃，他在收网时一不小心，从船帮栽到了海里，被网衣绞缠，手脚挣扎，越缠越乱，像闯入网里的鱼，命悬一线。父亲正在从网扣里摘鱼，听见扑通一声响，急忙丢下网绳，一个猛子扎进水里，拽住他的胳膊，连同网衣一道从水里捞了上来。父亲吓得半晌无语，帮他把网衣抖落。他像一只落汤鸡，失魂落魄地坐在舱盖上，"噗噗"喷气，吐出呛在嘴里的海水。他宽慰父亲说："没事，就当揽澡了。"父亲生气地说："有穿着衣裳揽澡的吗？有揽澡揽到网里的吗？鱼进了网就跑不掉，你比鱼还能？"他不敢言语，也心知肚明，身子光溜溜地揽澡，那个痛快；而衣裳缠身，浸泡在水里，还有风浪，就算不被网衣缠住也有危险。

父亲并没有因为这次的"意外"就不让他上船当帮手，只是告诫他做事要当心，不能三心二意，尤其是在船上干活。他说记住了。

沙堆子属半渔半农地区，这一点和贝城岛相似。他们家前面那片海，退潮后是裸滩，一马平川，光洁平坦，全是软泥，就像毛口的泥滩，半尺多厚的淤泥覆盖了硬滩，走在上面陷脚。滩上生长泥溜（泥螺），只在近岸处的硬质滩上有蚬子，但比起贝城岛蚬子窝铺的蚬子，无论品质还是数量，都相差甚远。他小时候也扒过蚬子，但做得最多的事，还是捡泥溜。有时候退潮了，小船搁浅在泥滩上，他就帮助父亲推船。父子俩人挽起裤腿，张开双臂，分别撑住船尾的燕翅，轻快时双臂推，沉重时用肩膀扛着推。小小年纪，身子骨单薄，人变身"入"字形，全身使劲，手脖子都累酸了。他的力气小，和父亲不在同一个力道上，稍一松懈，船头就偏了。父亲往往身体朝中间靠，靠近舵的位置，承担绝大部分推力，扳正船头。他看到，父亲咬紧牙关，胳膊上青筋鼓胀。他的力气也平添了几分。平底小船在泥滩上滑动，泥面像润滑剂，越推越快，一直推到水里，还要继续推，推到小船漂起来了，再爬上船，或扬帆，或摇橹……干活不长眼时也曾受到父亲的呵斥。父亲的严厉曾使他产生畏惧，也使他后来更加思念父亲。

父亲让他上船，一是让他当个帮手，二是让他增长体力。父亲对他的要求是好好念书，将来当个教书先生。在他成长的道路上，父亲用心良苦。可惜父亲过早地去世了。如果父亲知道，儿子现在当上了人民政府的区长，会不会非常自豪？父亲又该嘱咐他些什么？

四

延崇诚将小舢板摇到礁群外面。摇橹时身姿前俯后仰，挎在右侧腰间的驳壳枪连同皮套一路丢荡着，绕着臀部打转转。枪套是棕色的，有几处已经磨破了皮。除了中队长那光涛拿的是小手枪，延崇诚、曾达成、皮立巍都拿的是驳壳枪，俗称"匣子枪"，弹夹像匣子。匣子枪比小手枪射程远，更实用，就是沉了些，端在手里沉甸甸的。

尖山岛已经甩在身后，延崇诚放下橹，任小船顺流漂着，然后开始甩线。

鲅鱼又名马鲛鱼，喜欢在深水区洄游，安河和贝城的海域水太浅，很少有鲅鱼光顾，"甩鲅鱼"的事只是听说过。在尖山岛，把拴着坠、挂了饵的渔线甩到海里，紧着往回拖，不定什么时候，鲅鱼就追了上来，咬住渔钩。拖鲅鱼是力气活，尤其是十多斤重的鲅鱼，力大无比，拽着线满海窜，手勒出了血道子，也不一定能拽上来，就得适当放线遛鱼，把鱼遛累了，再拖上来。钓一条大鲅鱼，没个十分钟二十分钟，休想拿上来。

小谷子打下手，帮着往网兜里装鱼。刚出水的大鲅鱼脾气很倔，圆滚滚的鱼身左右弯折，尾巴胡乱拍打，小谷子躲闪不及，满身满脸都是从鱼身上飞溅的海水。延崇诚每甩上来一条鲅鱼，小谷子就惊喜地"呀"一声。网兜很快就鼓了起来。鱼被网扣勒着，鼓涌了一会儿，就消停了。

甩了十多条三四斤到七八斤重的鲅鱼，延崇诚累得双臂酸软。他小时候在安河海边钓过鱼，当老师时也在贝城岛的海边钓过鱼，都是小打小闹。尖山岛的鲅鱼太好"甩"了，他这生手，一阵工夫就甩了这么多，虽然也时有空线，拽上来重新甩，但更多的时候是线落水鱼就咬钩，或者是拖了一段，就感觉到线被扯住，晃得连脚下的小舢板都跟着栽歪。

真叫人心花怒放！

钓鱼时间过得快，不知不觉，太阳偏西了。

摇橹回岸时，延崇诚老远发现小石坝一侧凸起的光礁上坐着一个人，是皮立巍，正发呆，一动不动，心事重重的样子。

"你没事啦？"延崇诚把小舢板摇到岸边，放下橹，关切地问。

"哦，是区长！"皮立巍浅笑了一下，屁股挪开礁石，"好多了。"他迎着延崇诚走去，往舢板的舱里看了一眼，惊得眼睛都快掉出来了，"区长！钓了这么多啊！"

网兜装不下的，都散落在舱里。

"这儿还有呢！"小谷子从另一个舱格吃力地拽着网兜，炫耀地举了举。网兜里蜷伏着几条更大的鲅鱼，背鳍和腹鳍的尖角露在网扣外面，肥硕的鱼体被网扣勒出菱形印痕。

皮立巍高兴地把枪往后扒拉一下，枪就从腰间转到了背后。他伸出双手，从小谷子手里接过网兜，因为太用力，跟跄了一下，嘴也不由自主地咧了咧："这尖山岛，鲅鱼真多、真大哈。"

五

各种海鲜陆续集中到村部东侧的小厨房，分门别类放到锅台上；锅台放不下了，地面也放了一些。燕鲅（鲅鱼）、红里子（刺螺）、刺黑锅子（紫海胆）、大蛤子、江珧、大赤贝（毛蚶），五颜六色，蟹子也捉了很多，是那种大个头的赤甲红，双螯舞动着，嘴里还吱吱鼓沫。还有人捡了些不能食用但很好看的红色小海盘车（海星），五个尖角之间连着脚蹼一样的棘皮。

这些海物，有的盛在盆里，有的装在筐里，有的装在网兜里，满屋飘着生鲜海味的气息。就连那些冒着鲜气的海藻，鹿角菜啊，谷穗菜啊，海紫菜啊，也都令人眼前一亮，闻起来鲜溜溜的没个够。贝城岛也有各种各样的海鲜，但是和尖山岛比起来，差了好几个档次。尖山岛比拳头还大的黑刺锅子，像小钵子一样大的刺螺，在贝城岛根本就见不到。

石嫂到村部帮厨。围裙一系，风风火火，灶上灶下忙，风匣拉得呼哒呼哒。伊翎韵没有石嫂手头快，但切菜刳鱼也很在行。

除了活海鲜，石嫂还从自家和邻居家拿来蠓虾酱、蟹溜酱、大葱和上锅燎过的萝卜缨，还有几根香菜。大葱和萝卜缨蘸海鲜酱，可是就饭的爽口菜。还有白菜。两个帮厨的女人，手不停，嘴上说着家长里短。

伊翎韵见白菜没洗，有些奇怪。

石嫂说，缺水啊，岛上的水，贵如油。因为地旱，白菜都长得黄秧秧的。村部旁边有一口水井，里面是空山水，秋季时水更少，附近群众经常是排着队去挑水，有时还要下到井底去"涸"（拿小瓢一点一点舀）。混浊的水弄回家后，"浊清"了再用，哪有水洗菜？再说，鲜菜也不用洗，那些长杆大葱，用手撸巴撸巴，蘸一坨蠓虾酱或蟹溜酱，塞进嘴里，咯吱咯吱，嚼出鲜辣的味道。

尖山岛缺水。东西两屯有的人家，到后山（北坡）挑水。那里有一口小井，水也不旺，还有吓人的蚂蜞（蚂蟥）。每次只能挑上两个半桶水，四五百米难走的山路，满桶也会洒成剩半桶。

石嫂说："缺粮，可以出去换，没有水，还能用船从岛外装？也装不起啊！真愁人。"

伊翎韵说："缺粮缺水，可不缺海鲜啊！你看这些波螺蟹子，稀罕死人！"

石嫂就自豪地笑起来，说："有一失必有一得，尖山岛就是一方宝地，除了粮和水，差不多是要什么有什么。过去被渔霸霸占，现在好了。"

姜师傅看着两个女人边干活儿边唠嗑儿，不时发出开心的笑声，也高兴得眉开眼笑。他磕掉烟锅里的火星，对延崇诚说："区长！瞧好吧！有这么些好东好西，今晚保准叫大家吃好，吃一顿，想一辈子！"

姜师傅指点伊翎韵把大鲅鱼刳了，清除内脏。然后他亲自操刀，将碌子一样壮实的鱼体斜着剁成椭圆形的一轱辘一轱辘，每一轱辘都能装一盘。

"到海沿洗。"姜师傅胸有成竹，"海水洗鱼，吃过吗？"

延崇诚摇头。渔民在海上作业，缺少淡水，用海水洗鱼的事听说过。据说海水洗的鱼，炖出来有些苦涩。

"那是添了海水，没加膳水。"姜师傅说。膳水即做饭用的淡水。

姜师傅要去的"海沿"，就是海边。内陆的人称河边为"河沿"。姜师傅说，拿海水洗，既节省水，又不用放盐，炖出来的鱼格外鲜。又补充，下锅后少添点膳水。

大家听了，都非常期待。

下坡费事。

从村部到海边的路名"撅尾巴坡"，意思是像动物尾巴一样撅撅着。陡坡远看是竖起的一道崖，近瞧像一架斜梯。尖山岛上的人走习惯了，几乎如履平地，上下自如；生人走，可比登山还难。上坡不仅需要体力，还得会走，一般人走一次就伤了，累得膝盖酸软，趾得脚心发胀；如果脚蹬不稳，就会趾溜下来，一旦趾溜了，双手必然下意识地扑向地面，手掌心被沙子硌破。下坡呢，更考验技巧和平衡能力，稍有不慎，就有可能脚底打滑，像坐滑梯，更危险的是大头朝下栽，当地人称"滚坡"。尽管在坡的陡段开凿出简易台阶，人们上下还是得小心翼翼。姜师傅老手老脚的，还提着满满一桶鱼，一步不慎，就会连人带桶摔下坡去。

延崇诚钓了半天鱼，摇橹，甩线，胳膊发酸，爬坡又累得膝盖发软，正打算休息一会儿。见姜师傅要去海边洗鱼，生怕他下坡上坡磕着，就要帮他提桶。

姜师傅已领教过"撅尾巴坡"的难爬，又不肯让区长帮忙。两个人争执不下。小谷子见了，过来抢鱼桶。

延崇诚说："这么多鱼，一个人提，太沉了，分成几份吧。"

心事重重

村部厨房炊具不多，姜师傅找了两个陶制的泥盆，里面积了不少灰。他看看延崇诚，意思是这个行吗？

延崇诚说："这个不扛摔，一旦磕跤，就麻烦了。用网兜吧。"

小谷子找来盛鱼的网兜，从桶里分出大半鱼段，装到网兜里，腥鲜的液汁顺着网扣滴答到地面。

几个战士也纷纷围拢过来，要提鱼。副中队长皮立巍说："还是我来吧，赶海、钓鱼我没出力，这会儿总得有点儿表示才行。"

延崇诚说："皮队长，你晕船晕得重，休息吧。"又对大家说，"都不用，等着吃鱼就行了。我和向前、姜师傅几个就够了。"

延崇诚提桶，小谷子提网兜，姜师傅叼着烟袋，三个人从村部出来，踏上陡坡，像刹车一样随时控制着脚步，脚心尽力上弯，凹成拱形，脚尖脚跟尽量朝下使劲抓挠，抠住地面。这是人们上坡下坡时下意识的微动作。身体的重量由几个点承担，摩擦力大，就不容易滑坡。尽管如此，他们还是一路向下冲撞。下坡难于上坡。下到坡底时，每个人的腿都不由自主地抖。

潮还枯着，只能找礁石凹槽的水湾洗鱼。这活儿小谷子一个人包了。姜师傅看着小谷子洗鱼，指点了一二，见不需要他再操心了，就坐礁石上，和延崇诚唠嗑儿。

延崇诚看出来，姜师傅明显有心事。

"挂挂家里，是不是？"

"你要说不挂挂，那是假的。"姜师傅忧心忡忡，"也不知道什么时候……能回去。"

延崇诚抬起眼，望向光线渐暗的远方："我觉得用不了多久。现在，我军是战略防御，很快就会大举反攻。反动派，是兔子的尾巴——长不了的。"

姜师傅的眼里渐渐有了亮色，掏出铜锅烟袋，刚要从烟荷包里挖烟末，手忽然停住，说了句没头没脑的话："那些烟，好收了。"

姜师傅说的是他在区政府门前开出一小片地种的那几垄烟，到了该收的时候。

姜师傅是安河镇人，抗战胜利前在日本人开的饭馆里做事，先是跑堂，后当厨师，饱受日本人欺侮。我军收复辽南后，急需用人，包括厨师。姜师傅就跟随延崇诚到了贝城岛。区政府和区中队五十多人的饭菜，由姜师傅一个人操持，非常辛苦，几个工作人员闲时帮忙，做些体力活儿。尽管给养不足，伙食还是让姜师傅调剂得不错。延崇诚对他很尊敬。

姜师傅抽的老旱烟，都是自种的。在安河时就种。说到底，他也是庄稼人，种地样样在行，只不过以前是给地主种地，也种烟。后来到饭馆做事，也没断了种烟的念头，到了该种烟的时候，回家在院子里种上几垄，就够抽一年的。姜师傅说，烟不够抽了，烟秸子磨碎了，也能抽。种烟很有学问，喂什么粪，该不该浇水，什么时候去权，都有讲究。他从家

心事重重

里带来了黄烟，区里会抽烟的人也跟着沾光了。区政府门前的那几垄烟地，大家帮着浇水。上秋了，该收了，姜师傅说不急，正上烟呢。意思是烟叶一天天增厚，烟的成分不断增加，熬到一定时候的烟叶，晒干了，上锅炒了，抽起来更辣，更冲，劲头更大。就这么耽搁了下来，到他们撤退时，那几垄烟还青绿地站在区政府院墙根下，宽大的叶子厚实得像海带菜。

延崇诚心里明白，姜师傅挂念那些没有来得及收获的烟，是避重就轻。他更挂念的，是安河那边。

姜师傅家里的具体情况，延崇诚并不清楚。敌军占领安河了，姜师傅的家就在安河。如果有人举报说姜师傅在为共产党做事，家人也很可能受到牵连。想到这里，延崇诚也为他担忧。

同时想到自己的母亲。敌人在反把倒算时，村干部往往首当其冲。更何况，母亲的儿子还是共产党的区长！

在姜师傅忧心如焚的时候，延崇诚的心里也翻江倒海，牵肠挂肚。

"我妈也不知道怎么样了……"小谷子正洗着鱼，听了区长和姜师傅的简短对话，手里捧着直哩啦水的半条鱼，呆呆地自言自语。

洗鱼，重点洗鳃、嘴、肚子，洗得一湾海水发红混浊了，再换一湾清水洗一遍。洗了快一半了，忽然勾起了心事，小谷子失魂落魄地停住了。

延崇诚安慰他道："谁都想妈，我也想。我们现在做的事，就是为了我们的妈过上幸福生活。"

"我主要是，担心我妈挂挂我……"小谷子忽然鼻涕眼泪一起落，手里的半条鱼掉到了水湾里，溅起一片水花。

姜师傅见状，忙把烟荷包卷缠到烟袋杆上，往腰间一别，站起身，说还是我来洗吧。

小谷子说不用，我能行。

两个人争执一番，小谷子突然脚下一滑，一个趔趄扑倒在礁石上，一只手被打走蛎肉剩在礁石上的雪白蛎壳割破。因为摔得过于结实，手上的口子割得好深好重，疼得小谷子从牙缝里咝咝吸气，眼泪都出来了。

第 八 章

晚餐

一

晚餐丰盛得做梦都想不到。

刺波螺、花盖蟹、赤甲红蟹、大飞蟹（梭子蟹）一锅烀，蒸气冒出来时就鲜得人直打喷嚏，等到揭开锅盖，憋了满满的一锅鲜气瞬间把屋子撑破了。鼻子不够用了，都陶醉在鲜味儿里。一样海鲜一路味儿，生海鲜因为鲜气内敛，闻着有一股冷鲜，熟了就是大长味，能顶人一跟头。蚬子的鲜，螃蟹的鲜，波螺的鲜，刺锅的鲜……不同鲜味混合着释放，鼻子一闻，就能准确判断出锅里有哪几种海鲜。鲜气汇聚，散发，萦绕，沁人心脾。

烀了一锅海鲜大杂烩，又蒸了一锅饼子，炖了大半锅鲅鱼，熬了一锅海菜汤。一口锅反复烧，锅底红了黑，黑了又红，鲜味飘了大半个尖山岛。

本来打算安排三张桌子。延崇诚让石大爷去招呼附近群众也来吃。石大爷说，在咱们尖山岛，吃这些东西就是家常便饭，不稀罕。延崇诚又安排人去叫船长他们，惠老大说船不能没人看，这大陡坡，上上下下的怪费事，他们也钓了鱼，正炖着。

石嫂也要走。延崇诚说："你帮着忙乎了小半天，怎么也得吃了饭再走啊！"

石嫂急忙摆手："不不，家里有孩子……"

"把孩子叫来，一起吃！"延崇诚几乎是命令的口气。石嫂丈夫牺牲，大儿子参军，小儿子也有七八岁了。

"不能啊！"石大爷坚决不允。

邢家发说："不就吃个饭吗，还装假啊？"

石嫂笑着，解下围裙，匆匆忙忙走了。

石大爷也抬起屁股要走，被延崇诚双手用力按住。

正要开饭，傻子石德宝被海鲜的美味吸引，摇摇晃晃来到村部的院子里，也不讨厌，就靠着矮墙，傻笑着往屋里看，嘴角挂着涎水。衣服上有补丁不奇怪，一般人家，过年都穿不上新衣服，平时不带补丁的衣服也难得穿上。傻子石德宝的衣服已经没有了底色，裤子磨得麻渍零（快透亮）了，鞋几乎没有帮，黑黢黢的脚背露了出来。

石大爷说，石德宝不傻，是脑子被鲁宝山的狗腿子打坏了。就因为他捕的鱼没有交到"组合"而私自卖给了外地的鱼贩子。

延崇诚说，叫他进来一块儿吃吧。

石大爷说他不能进来，要强着呢。

延崇诚叫人给石德宝盛了满满一钵炖鲅鱼加半个饼子。石德宝欢喜地接过钵子，动了“两双半”（以手当筷），狼吞虎咽，吃得直打饱嗝。石德宝没有亲人，东家一顿，西家一顿，有一顿，没一顿。谁给他好东西吃，他就会高兴得手舞足蹈。

看着石德宝的吃相，大家心里都不好受。石大爷说，村长老秦吩咐过，有大伙吃的，就有他吃的，饿不着。咱们吃吧。

有人早就吃起了海螺、蟹子，牙咬蟹壳咔嚓响。

二

大家坐了两桌。延崇诚、伊翎韵、邢家发、姜师傅、石大爷、小谷子及区上的几个人一桌，皮立巍、郦志永和区中队的战士们一桌。

在贝城岛待久了的这些人，面对如此丰盛的海鲜大宴，都高兴得无以言表。邢家发说：“这么大的鲅鱼，要是刳成片，晒干，熥着吃，那才香呢！”

姜师傅说：“鱼太大了不好晒，晒不透就反油了，一股‘哈喇’味。”

伊翎韵说：“我们家乡那儿，包鲅鱼饺子挺有名的。”

“鲅鱼剁丸子，也是一绝。”延崇诚见大家吃得高兴，也很高兴。

邢家发说：“出大力的人都知道，‘光吃鱼，不垫饥’，得吃点儿干粮。"他掰了一块饼子，咬了一口，"这饼子也够香的。"

另一桌上，战士们欣喜万分，一个说真像过年啊！另一个反问道，你们家过年吃得这么好吗？吹吧。

战士小涂吃得太兴奋了，顺口说了一句："要是有酒，就更好了。"

邢家发听见了，转头问小涂："你小小年纪，会哈酒？"

岛里人管喝酒叫"哈酒"。谁都知道，老邢爱哈酒，就像姜师傅爱抽烟。但酒是金贵物，连饭都吃不饱，哪儿会有酒哈？小涂无意的一句话，勾起了老邢的酒瘾。

小涂摇头说："没哈过，听说挺辣。酒就像老旱烟，越辣越有劲不是？"

皮立巍因为晕船，脸色仍不太好，但一桌丰盛得过了头的大餐令他胃口大开。他剥开一只大母蟹的蟹盖，又硬又红的蟹黄释放出一阵异样的鲜香。他"咔嚓"一声掰掉一只拐肘状大蟹夹，用蟹夹尖抠出蟹盖一侧的完整蟹黄，嘴扑上去大咬一口，充满期待和向往地咀嚼着："都说无酒不成席。这么好的菜，要是再喝几口飘香的美酒……"

邴志永奚落道："你都晕船晕成那样，给你酒也哈不下吧？做梦想媳妇呢。"

皮立巍吞下蟹黄，把仍有半壳蟹黄的蟹盖往桌上一拍，恼怒地看着邴志永："晕船怎么啦？我愿意晕吗？"

邢家发见状，急忙冲这桌说："吃饭吃饭！吃饭时说晕船，倒胃口。"

偏偏小涂不肯消停："邢会长，你不晕船吧？"

邢家发说："不叫你说你还说。浪大那会儿，我心里也不好受，直翻喽。"

"都是叫他带累的。"邴志永嘲讽皮立巍，"他自己晕得跟死猪一样，害得全船的人都晕了。"

"你说谁是死猪？"皮立巍更加恼怒。

邴志永说："就是打个比方。你那么大个人，好意思叫区长背？你说说，"他用筷子指点桌上的菜盘子，"这些海货，哪样是你的功劳？"

"也没有你的功劳吧？"皮立巍冷哼道，"我好歹还到海边去迎了，帮着把鲅鱼提回来。你呢？"

"我脚崴了，是去找蔡大姐崴的，大家都知道，怎么啦？"

"你找着了吗？"

"没找着能怪我？"邴志永说到这里，心情忽然变得沉重。

有人接着说："蔡大姐，也不知道怎么样啦。"

又有人跟了一句："我们前脚走，敌人后脚去，现在贝城岛不知道什么样子了。"

一阵沉默。皮立巍眨眨眼，眉头微皱，耳朵竖了起来。

邴志永说皮立巍："我崴脚是因公，你呢？"

延崇诚大喝一声："邴志永，瞎嘞嘞什么！"

小谷子赶紧替皮立巍解围："皮队长也想下海，是区长不让。"

"什么'皮队长'？"邴志永说，"我告诉你们，在咱们区中队，只有那队长是队长！皮队副！我说得对吧？……"

"'皮队副'？"一个战士觉得好笑。

"越说越不像话了！"延崇诚拍了桌子，邴志永才打住。

皮立巍强压怒火。

"皮队长！"邢家发见皮立巍要发作，赶紧打圆场，"话是哪说哪了，都没有什么恶意，别往心里去哈。"

"邢会长，您也瞧不起我？"皮立巍耳朵用在别的地方，听岔了邢家发的意思，觉得所有人都拿他开心取乐。

邢家发一怔。刚才别人说"哈"酒，皮立巍说的是"喝"，这会儿又用了"您"和"瞧"，邢家发反而不知道如何应对了。他脸上的肌肉往上一提，腮帮子严肃地鼓了起来。

"皮队长你误会了。你的情绪很不对劲，我得说你两句。干革命，什么困难都可能遇上。就说晕船吧，意志坚强，就晕得轻；越是害怕，有心理负担，就越晕。在岛上工作，不克服晕船关是不行的。很多渔民也都是'晕'出来的。我刚上船出海那阵儿，晕得什么都不想吃，吃了就吐！现在说这话，影响大伙儿吃饭了。船上的老人儿告诉我，越晕越吃，不吃饭哪来的力气？哎，就晕出来了。我告诉你，再怎么晕，精神不能倒！……"

皮立巍很恭敬地说："邢会长，谢谢您。我还是缺乏锻炼。"

邢家发被客气得浑身不自在。

延崇诚没想到吃饭会吃出不愉快，很生气："都赶紧吃！

晚餐

饭还堵不住嘴吗？"

众人都埋下头去，桌子上又是一片筷子碰盘子的声音。

偏偏小涂伸出筷子到皮立巍面前的钵子里夹鲅鱼段没有夹住，一大块鲅鱼段又掉落到钵子里，溅起的鱼汤进了皮立巍一脸。

小涂直检讨："皮队长，真不好意思……"

邴志永放下筷子，冲小涂吼："用得着这样吗？皮队副不是外人，你也不是故意的，客气什么？怕他'走火'？"

小涂依旧检讨："邴班长说得对，我不是故意的。皮队长……"

皮立巍张开手掌，抹了抹脸，把手放到鼻子底下闻了闻，一手的鱼腥味。

皮立巍有脾气，容易冲动，所以邴志永就激他，让他在战士们面前没面子。他要是针尖对麦芒地和邴志永斗嘴，就更有失身份了。但是邴志永的话令他极不舒服。他是副队长不假，但上到区长下到战士，都尊称他为皮队长，他也欣然受之，怎么就跳出了个处处和他作对的邴志永？私下里呲他几句也就罢了，在人多的场合这么说他，让他情何以堪？

"走火"更是他的心病，在这时候提起是什么意思？

依皮立巍的脾气，早就爆炸了。可是那样一来，不正中了邴志永的圈套？他沉默着，把那只大母蟹子的黄和肉吃得十分干净，连蟹腿都仔细地嚼了一遍，好像在和谁较劲。

三

虽然发生了不太愉快的事，但很快就过去了。大家一顿狂吃海喝，肚子饱了眼睛不饱，吃饱了还想吃，一直撑到肚子圆，主食倒省了不少。

延崇诚让大家早点儿休息，明天一早是枯潮，早潮比晚潮退得大，都打起精神，再赶一潮海！又补充说："我们已经解馋了，再赶，留给村里换粮。"

延崇诚扫视大家一眼，不见了皮立巍，心里划魂儿，小声问小谷子："看见皮队长了吗？"

小谷子的手伤让伊翎韵给简单包扎了。在海水里受伤好得快。海水本身就能杀菌消炎。只是伤口太大，不能见淡水。

小谷子说："皮队长可能心里有火，在哪儿生闷气呢。"

延崇诚非常担忧。饭桌上邴志永对皮立巍的讽刺挖苦，太过分了，还提到"走火"，不是在揭伤疤吗？得找皮立巍好好谈谈，让他放下包袱。

"邴班长呢？"

小谷子瞪着两眼说，不知道去哪儿了。

天黑得很快。延崇诚站在村部瓦房前面的院子里，四下张望。头顶三丈多高处是风呲楼在旋转，嗡嗡嘤嘤，借着星光看得真切，叶片对着来风的方向，布唧当半飘半垂，像一条狗尾巴在摇，碗口粗的松木杆子顶端有一面三角小旗，天上那颗最亮的星就挂在小旗上方。那是金星，也叫"大毛愣

晚餐

星",小时候念叨的儿歌还记得:"大毛愣星撵,二毛愣星颠,三毛愣星出来亮了天。"二毛愣星、三毛愣星出来得晚,他们很少看见,大毛愣星却是每天晚上(只要不是坏天)都能看见。小时候并没有太注意,现在看,大毛愣星离地球好近,仿佛伸手,再伸手,就能够着。大毛愣星是一团带着毛刺的橘色,好像两颗星局部重合,一颗遮挡着另一颗,又没有完全遮住,向四周散射的针状光芒,是由两颗星发出的。这当然只是延崇诚的视觉感受。

风呲楼一刻不停地又转又唱,大毛愣星冷得发抖,直打哆嗦。寒秋的夜晚,海潮黑魆魆的,澎湃激越的潮声与风呲楼的叫声相呼应。延崇诚不由自主地打了个寒噤。

有脚步声。

延崇诚看见一个人影从西边沿着横跨山腰的小路,悄无声息地匆匆走来。近了,才看清是皮立巍。

"皮队长?"

"哦,是区长啊!"皮立巍愣了一下。

"你去哪儿啦?"

"我……胃里难受,头晕,溜达溜达,透透风……"

"现在感觉怎么样啦?"

"好多了。"

"饭桌上的事,你不要往心里去。"

"我知道。"

"西屯成分复杂,有坏人,你少往那边出溜。"

延崇诚想到伪屯长哈满江就住在西屯，有意提醒他。

皮立巍说："好。"

哈满江外号哈大肚子。"肚"发音"堵"，"大肚子"不是肚子大，而是胃口大，能盘剥，有钱财，是含贬义和恨意的称谓。哈满江在日伪统治时期任屯长，和鲁宝山关系自然密切，囤积了不少财富，也参与了一个多月前的"事变"，因为没有造成严重后果，主犯鲁宝山又在逃，对参与者只是严厉训诫，交由群众监督改造，并没有采取进一步的措施。

哈满江认罪态度非常好，见了谁都点头哈腰，还分几次主动交出囤粮和房屋，得到部分群众的宽恕。在尖山岛，粮食就是天上天！

石大爷很冷静，说哈大肚子是"笑面虎"，肚子里坏道道多了，不能被蒙蔽了。

皮立巍去西屯干什么？

皮立巍见延崇诚面露疑惑，想说什么，欲言又止。

延崇诚看着皮立巍推门进屋。两扇旧木板门中的一扇开了，干涩的门枢在转动时发出"吱扭"的声音。皮立巍一脚迈进门里、一脚还在门外时回头说了一句："区长，您也早点休息。"

延崇诚没有说话。

又过了几分钟，从刚才皮立巍走过的那条路上又走来一个人，从那略显跛脚的走姿上就知道是邴志永。

延崇诚紧锁眉头。

这两个人在搞什么名堂？

第 九 章

敌人怎么知道

一

延崇诚等二十余人在尖山岛迎来了新的一天。太阳升起来了，还是白白的一轮，像一张白面饼。如果是刮西北风，早潮会退出很远，但偏偏转成东南风，潮水迟迟不肯退去，"靠"不算大，比昨天下午是退得远了一些，波螺蟹子又"闪"出了好多。潮正逐渐趋于"死汛"，一潮比一潮小，赶海的人也少了。海滩上，礁石上，蹲着的和弓着腰的基本都是区政府和区中队的人。

延崇诚要去甩鲅鱼，小谷子也跟着去，帮着拿网兜和渔线。

昨天那只小舢板不见了，他们只能到远处的礁石上去甩线。

岸边的礁石高低起伏，上面生长着绿色藻类，踩上去很滑，一不小心就会滑倒。

到远处的礁石甩线，要跨过很多礁石。

"看着点儿，别再把手磕着。"

小谷子在身后闷闷地应了一声。

"你怎么啦？情绪不对啊！"

小谷子说夜里做了不好的梦。

延崇诚想起，半夜三更时，睡在他旁边的小谷子忽然惊觉而起。延崇诚心里有事，睡不沉，以为发生了什么事，急忙伸手去枕下抓枪，却发现是小谷子睡毛愣了，让梦"魇"着了。

延崇诚说："谁还不做梦，做不好的梦也很正常啊。"

"不是，我梦见了蔡大姐……"小谷子哭叽叽地说，"蔡大姐，被敌人抓了……"

"噢？"

"呜呜呜……"

"梦都是反着的。"延崇诚安慰小谷子，心里却划魂儿。蔡大姐不会真的出事儿了吧？

二

延崇诚站在礁头，一边甩线，一边望着白茫茫的海面，空气新鲜得有了醇厚的浓度，他却有些心不在焉。村长老秦前天晚上出发去毛口，昨天一整天，什么事情都能办利索，昨天晚上就应该起程返回，那会儿还刮西北风，今天一早就该回来了。可是朝西边的海面望去，目光所及，一只帆篷的影子也没有。老秦他们是不是遇到什么麻烦啦？

牵挂着老秦，牵挂着曾达成他们，更不放心蔡大姐。延崇诚钓鱼也不时精神溜号，长长的渔线甩出去，居然忘了及时收，好几次渔钩挂到暗礁上，拽断了。旁边有个钓鱼的青年，放下渔线，帮他拴钩。昨天钓得出乎意料地顺手，今天就出鬼了，老半天也没钓上几条。

看来还是摇着舢板出海钓，收获大。

小谷子手上的伤，在海水里反复洗，好多了。伊翎韵告诉他，要是让淡水泡了，很容易"恶反"。他记住了，就用海水洗手。

快到中午时分，多数人已经提筐扛篓，疲惫地登岸，陆续回到村部，钓鱼的人还站在岸边高出海面的礁石上，兴致勃勃地钓涨潮，不时拽上一条鲅鱼。

延崇诚没有钓到几条鱼，因为心里有事，早早上岸，来到小石坝上，在区政府的交通船边，和惠安海分析老秦他们可能遇到什么麻烦。

从尖山岛东面驶来一只很小的单桅黑帆船。延崇诚产生错觉，以为是秦村长他们回来了。刚要高兴一下，才发觉不对，出岛换粮的船不可能这么小，也不可能从东边来。

这应该是一只从海盘车岛驶来的船。

这么一想，延崇诚的心猛地跳了一下。

那只小船却是一直向西行驶，驶到延崇诚以为是与尖山岛擦肩而过时，那只小船风帆一转，船头随之冲着岸的方向快速驶来。离小石坝还有几十米远时，帆篷降下，一个渔民手摇大橹，把小船摇到小石坝旁边。

“区长！”禹平站在船头，朝延崇诚挥手。

“禹平？”延崇诚惊了，第一反应是上级又有新的精神。但是不对，禹平是从海盘车岛来的。

他回来干什么？

“曾区长他们呢？”延崇诚有了一丝不祥的感觉。

“都挺好的。”禹平简短说了他们到达海盘车岛后的情况。

忽然，海面隐约传来马达声。开始声音很小，逐渐清晰，声音来自尖山岛北面。因为有山挡着，等到声音清晰时，已经离岸很近了。

禹平脚蹬船帮，手把着石坝的边缘，一个高儿跃了上来。

突如其来的马达声使三个人一愣。惠安海奓着耳朵仔细分辨，脸色陡变，说是敌人的汽艇！

敌人的汽艇？无疑是昨天从安河开到贝城岛两只汽艇中的一只，也无疑是冲着他们来的！

延崇诚心下大惊！敌人怎么知道他们在这里？

“惠船长！”延崇诚顾不得和禹平说话，“前天离得远，看得不太清楚。你说这样的汽艇，能装多少人？”

“哦……二三十人吧。多说三十人……”

“三十人……”延崇诚暗忖，敌人来势凶猛，又是美式武器装备，有麻烦了。

延崇诚仿佛看到敌人的汽艇拖着飘荡的白烟，船头顶起白浪，船尾卷着波涛，正气势汹汹地朝着尖山岛开来。

他们的处境异常危险！

禹平更是惊诧得目瞪口呆。

他看似机灵聪明，其实是一个优柔寡断、遇事慢半拍的人，欠爽快和当机立断，也可以理解为过于慎重。因为迟疑，因为犹豫，他没能和延区长在同一艘船上，没能登上尖山岛，却去了更遥远的海盘车岛，离安河也更远了。他为关键时刻的犹豫不决而后悔不迭。如果不是情况突变，形势严峻，他下个月就要结婚了。他人在海盘车岛，心在安河，而尖山岛离安河毕竟近些，延区长也在。他辗转反侧了一夜，决定返回尖山岛。正好他们驻地的海边有一条小渔船要出海打鱼，禹平就跟曾达成说了找延区长有事，让那条小渔船给捎了过来。他归心似箭，好像到了尖山岛，随时都能回安河。

突如其来的马达声，让禹平深感意外。

尖山岛，有麻烦了。

三

惠安海在舱盖上焦急地踱了几步，说："区长！撤吧，这里不能久留！"

"撤？往哪里撤？"延崇诚一时没了主意。贝城岛、安河、毛口，都不能去，唯一的去向是……

"海盘车岛！"惠安海替他说。

又要回海盘车岛？禹平心里别提有多么沮丧了。

"我们的船，跑得过敌人的汽艇？"延崇诚觉得这办法不可行。

惠安海说："等敌人离开汽艇上岛了，我们再出发……"

延崇诚摇摇头："只要敌人发现我们离开了，追赶我们轻而易举……"

"要是敌人扑了空，不追赶我们了呢？"惠安海还抱着一丝侥幸心理。"海盘车岛，可是有我们区中队二三十人……"

"敌人是冲着我们来的，肯定追赶；不等我们赶到海盘车岛，就被敌人追上了……"

区中队副队长皮立巍脚步踉跄地从坡上走下来。延崇诚见了，赶忙提醒道："皮队长，小心！……"

皮立巍在走到坡根时坐了一个腚蹲儿，很快就爬了起来，拍了拍弄脏了的裤子，扑拉着沾了泥沙的双手。他耳朵尖，在坡上听到了延崇诚和惠安海的对话。他走过来，先和禹平打招呼："你不是去海盘车岛了吗？"禹平说自己刚回来。皮立巍不再搭理禹平，皱起眉头对延崇诚说："区长！这声音是机器船不假，怎么知道就是敌人的？"

他总是喜欢和别人唱反调，是像伊翎韵所说，是别有用心，还是就这抬杠的性格？

惠安海虎着脸说："不是敌人的是谁的？我们什么时候有机器船啦？"

敌人怎么知道

皮立巍说："就算是敌人的船，也可能只是在海上巡逻，不会登岛，更不会是冲着我们来的。"

"你根据什么这么说？"延崇诚感觉皮立巍说得太绝对了，纯属抬杠。

"我们从贝城岛出发，向西去，贝城岛上的人只会以为我们没去安河，而去了毛口，绝不会知道我们来到了尖山岛，敌人更不会知道……"

皮立巍分析得倒有一定道理，敌人不可能知道我们来到了尖山岛。

敌人是不是冲着我们来的，很快就会见分晓。如果是冲着我们来的，一定是有人前去贝城岛告密了！延崇诚很快做出了判断。去告密的人，会不会是哈满江？昨天晚上，有没有人和哈满江接触过？延崇诚脑子里直划魂儿，却没时间多想。他紧皱眉头，耳朵竖起来，辨别马达声的走向，右手下意识地按住了枪套。

四

马达声越来越近，已经接近尖山岛北坡了。如果他们不是要登陆尖山岛，早就应该转向，往东或往西。而他们听到的声音，固定在了一个方向。

形势十分危急。

在海边溜达的邢家发、姜师傅等人，也感觉到了事态严重，急忙跑到延崇诚身边。邢家发的腮帮子又咬紧了。

石大爷正在小石坝赖以依托的礁石上磨渔钩，小谷子看稀奇，也帮着磨。昨天捻的那只小舢板已经完工，正在滩头晾晒。这两天钓鱼的人多，钓的鱼也多，磨秃了不少渔钩钩尖。在贝城岛，没听说有磨渔钩的。尖山岛以钓业为主，渔钩用量大，又不好淘弄，钩尖秃了不快了就磨尖了再用。磨渔钩不舍得用磨刀石，怕磨出沟槽，没法磨刀了，就用岸边的礁石当磨石。礁石上已经划出很多条发亮的白道道。磨钩很费事。钩小，要捏住钩柄，把钩尖放到礁石上，用力地向前推，向后拉，一不小心钩倒下去，就会蹭破手指。石大爷指点着小谷子。两个人坐在光秃秃的礁基上，脸对脸，像在下棋。因为过于投入，都没有注意到尖山岛北面的马达声。

"石大爷，看见哈满江了吗？"延崇诚小声问。

石大爷愣了一下："哈大肚子？没呀！"又问别的人，"你们看见了吗？"

附近的人也都摇头。

"区长，怎么啦？"石大爷见延崇诚脸色不对，慌忙问。

"哦，没什么。"延崇诚怀疑有人去贝城岛向敌人报信，这个人很可能就是哈满江！如果是他，又是谁告诉他，国民党军队已经占领了安河和贝城？

这么一想，按在枪套上的双手，就不由自主地微微抖动。

"咱们都回村部，做最坏的打算！惠船长，把船驾到东面，在海蜇湾岸边隐蔽，准备应急，其他人跟我走！"

第九章

敌人怎么知道

延崇诚说着，迈开大步，噔噔噔，朝坡上攀爬。边爬坡边想，是谁告的密？昨天晚上，皮立巍去西屯了，邴志永去西屯了，他们去干什么？那个哈满江，此刻在哪里？……一连串的问号，塞满了延崇诚的脑海。

到达半坡的村部，延崇诚转身朝山下望去，惠安海驾驶着区政府交通船，两面黑色帆篷越过一大片礁群的外侧，悄然向东边驶去。

这个时候，尖山岛北面的马达声已经停息。

敌人开始登岸了。

邢家发说，敌人不管是翻山头，还是从东面、西面绕，到达这里，至少得二十分钟！

"快收拾东西！贵重物品一定不能留下！上山！占据有利地形！"延崇诚说，"有什么吃的，都带上！"

姜师傅不无遗憾地说，就剩几块硬饼子了，要是带锅就好了，生粮还有点儿。

"带了锅，在山上也不能用。"延崇诚说，"生粮也带上，饿急了，总比吃草根树皮强！……"

第十章

山上山下

一

"快！快！……"

延崇诚他们收拾一番，就急忙慌促地出发了。他们经过灯笼杆子，从村部瓦房东侧的厨房绕过去，转到房后，迎面是陡峭的山坡，映入眼帘的是断断续续站立在山坡上的各种树木，树下半人多高的蒿草，地面厚而暄腾的落叶。山顶被树林遮挡，需向上攀登很久才能看见。

出发时，邢家发还顺手从村部办公桌下拿了一把磨得飞快的镰刀。

邴志永不解："这个，能当武器？"

邢家发说："关键时刻，比没有强！"

镰刀的长木柄被手掌磨得锃亮，月牙状刀头横着，银光闪闪的刀刃有几处砍削硬物时崩出的小豁口。邢家发的拇指在刀锋上荡了荡，有一丝滞涩感，刺啦刺啦。好钢。他对这把镰刀喜爱有加。

山上山下

拉开距离，一群人在一漫漫的山坡上寻找到砍柴人踏出的小径，沿着小径向上走。

无论从山脚的哪个位置看，山坡都是扇形的，底边是弧形，越往上越窄。南坡总体平整，东西两坡，缠在山腰上的小道被雨季的山洪冲刷出沟壑，小道便折进沟里，再翻上来。几条山沟像刀刻在坡上，从山腰直通山底，与海汇合。沟里树更茂，草更深。若在山根处修坝截流，尖山岛群众的吃水问题，就能得到彻底解决。

延崇诚一边登山，一边想着邢家发"修坝截流"的主意。过了这个秋冬，明年春天就可以干了。

姜师傅不敢抽烟。这漫山遍野的荒草树木，一旦起火，麻烦大了。他矮胖，年纪又大，望着高陡的山坡，满脸怵意。延崇诚看见他手拄膝盖，每迈一步都很吃力的样子，就跟过去，伸手扶着他。小谷子见了，也过来，从另一侧搀扶姜师傅。

"这坡，怎么比海沿的'撅尾巴坡'还难爬啊！"姜师傅感慨道。

延崇诚喘息着说："山是'一拢梢'下去的，上下一样陡。下面的坡修过，能好走点儿……"

"你说，这岛上的人，活得多累。"

"习惯就好了。"延崇诚看姜师傅一眼，"这岛上的人登山，赶上咱走平地了。"

石大爷就是岛上人，七十多岁了，又很久没上山，腿脚明显不利索，禹平和皮立巍替换着搀扶他。听了延崇诚的话，石大爷驻足笑道："走习惯了，也累，没有办法啊！生在这儿，长在这儿，爬山就是'营生'……"

小谷子说："有大鲅鱼、大蟹子天天吃，累也划算。"

石大爷说："这是把鬼子打跑了。在早啊，好的鱼虾海货，都得交给'组合'。鲁宝山，坏透了！……"

邢家发挥舞镰刀在前头开道。他拨开绊腿的荆棘蒿草和直往身上粘的蛛网，踩着轻易飘起的落叶，砍削纠缠不休的藤蔓和树杈，从一株株几米高的各种树底下穿过。他并不熟悉山情，只是盯住山尖的方向，不偏不倚，领着大家不走弯路。树枝挂衣，茅草缠腿，小径曲折，不仔细鉴别，很容易走偏。镰刀下去，拦路的枝杈纷纷掉落。

邴志永和战士们紧随邢家发，走在松散的队伍前头。

山坡上草深树密。此时苦房草已经扬花，雪白的花絮像鸟儿细密的羽毛，在微风中轻盈地飘荡。苦房草多生长在海边的山崖上，草茎细长刚硬，镰刀一割就是一抱，有时镰刀扫得面积大了，都抱不过来。延崇诚很熟悉这种抗风雨、不容易腐烂的草。在家乡沙堆子北山也有这种草，苦房子不如苇，却比苇子好淘弄。在岛上，苦房草更金贵了。有钱人家盖全苇房，苇子要到毛口那边去买，用船运回来；穷人家，只能用苦房草盖房，没有苦房草就用海带草盖海草房。现在，坡上的苦房草大多已被割走，留下遍地坚硬锋利的茬子，一不小心就会被扎了脚掌。

树的布局没有章法，非常杂乱，成群的坟包周围，松树

山上山下

和柞树比较密集，栗蓬树很少。

柞树的大叶子，延崇诚他们叫"菠栎叶"，家乡沙堆子北山就有很多柞树，也叫橡子树，小时候和伙伴们一起去打菠栎叶、捡橡子的情景还历历在目。他们打了菠栎叶回家，妈妈给一张一张抻开，摆到帘子上晒干，再一张一张摞起来，压平，像一垛展开的手掌。蒸菜干粮（包子）时，菠栎叶当屉布。吃的时候，手托菠栎叶，一股好闻的菠栎叶气味混合着菜干粮的皮和馅味，格外香。橡子又苦又涩，不好吃，但是经霜打之后，会有些微甜味。他们打了橡子，回家晾晒，等待霜降。日本侵略时期，给劳工们吃橡子面，那是既没有什么营养，又很难下咽的。

树龄都比较老，柞树歪扭的躯干更显老态。菠栎叶也老了厚了，枝头结出的橡子撑破了带毛刺的硬壳，鼓胀着，表面光洁滚圆坚硬，顶端醒目地凸起尖头，似在示威，有的只剩下洞开的空壳，像闭不拢的大嘴。橡子早就吐了出来，寂寞地躺在树下的草地上或躲在深深浅浅的草丛间。如果踩到了一片橡子，橡子会在重力作用下顺着山坡叽里咕噜地向下滚动，脚蹬不住，滑倒了，摔个大跟头，再看那些被踩过的圆滚滚的橡子，在新的位置上一动不动。

偶尔出现几棵栗蓬树，枝头举着一簇簇带硬刺的栗壳，嘴张得老大，栗子早已掉落。栗蓬本是栗子的壳，但人们还是习惯上称栗子为栗蓬。和橡子不同，栗蓬好吃，面，软，甜，咬开硬壳，除去内膜，就可以不管不顾地吃起来。延崇诚小时候最喜欢做的事，就是秋天上北山打栗蓬。打菠栎叶是夏天叶子正绿的时候，打栗蓬要晚好多。栗蓬熟透，自然会掉落，到树下捡，就像捡豆一样。可是人们等不及，栗蓬还在枝头挂着，就拿细长的竹竿去够去敲，往往带壳的栗蓬被生生敲下来。栗蓬没成熟，剥壳很费事，坚硬锐利的刺，一不小心就扎了手。没有完全成熟的栗蓬，晒干了壳会瘪下去，果肉很少，吃起来口感也差，白白糟蹋了栗蓬。眼下，山坡上栗蓬与橡子混杂，圆鼓鼓的。看枝头上树叶间那些张开大嘴的栗蓬壳，就知道掉落的栗蓬烀熟了一定好吃。粮食不够吃的尖山岛上人，不舍得丢掉一颗栗蓬。现在，树上树下只有大量栗蓬壳，栗蓬却极其鲜见。

已是晚秋，林子里鸟儿不多，也还是能够听到"啾啾""嘎嘎"的懒散叫声。高树的枝杈上稳固地架着喜鹊筑的刺锅状鸟窝，长尾巴黑喜鹊成群结队在树林间飞来飞去，"喳喳喳喳"地叫个不停，像在报告喜讯。偶尔传来老鸹（乌鸦）"哇——哇——"的怪叫声，令人沮丧。

小径被蒿草和荆棘遮掩，忽隐忽现，延崇诚他们蹚着遍地橡子壳、栗蓬壳、松果壳，艰难地向上攀登。栗蓬壳像小刺猬，硬刺很容易扎穿鞋帮扎透鞋底，比苦房草的茬子还难提防。负责开道的邢家发，砍削并不彻底，不时有带刺的树枝拦路，枝上的刺坚硬锐利，扎破衣服，扎伤手背，总之一不小心，就会给点颜色看看。一些树的叶子变黄了变红了，爬山虎的叶子红得发紫，令人不忍将目光放到上面。放眼山坡，只有松枝翠绿得像绿色波涛，凝固着，轻易不起波澜。

走在坟地里，总是令人头皮发紧。目测，坟地离下面的民房只有几十米远。民间有"宁叫鬼搂着，不叫鬼瞅着"的说法。"鬼"指死去的人，也即坟墓；"瞅"是在后，"搂"是在侧。意思是房屋盖在坟旁比盖在坟前强。可尖山岛就这么个地理条件，不让"瞅"不行，都是自家祖先，死人活人都不计较。

有很多空坟，名"衣冠冢"，是打鱼的人遇上"天气"，葬身大海，没有遗体，只好将其生前穿过的衣服、戴过的帽子之类收敛起来埋葬，立起坟包，用来祭祀，寄托哀思。因死者是"横死"，不能进祖坟地，怕吓着列祖列宗，"衣冠"只好埋在别处。那些杂乱、孤独的小坟，往往就是"衣冠冢"。年深日久，祖坟有后人修葺添土上香烧纸，"衣冠冢"则没人打理，最终夷为平地，仿佛从来没有存在过。

在摇橹扬帆的年代，海难事故经常发生，渔民葬身大海的悲剧每每上演，"衣冠冢"就不时地出现在山坡上。每有海难事故发生，岛上就哭成一片，哀号惊天，凄惨无比，闻者无不悲切。海难，往往是一船渔民全部遇难，或几只渔船同时卷入狂风恶浪，多少个家庭惨遭不幸。不劳而获的永远是渔霸。

再往山上走，坟包稀少，小径断了，一层层松树像屏障一样，切断了通往山尖的视线。

邢家发也困惑起来，举着镰刀，不知道往哪里砍。

二

坡陡，爬得急，脚下滑，行进路线曲折，一会儿钻进树林，一会儿暴露在草丛。林间无风，都裹着蛛网，爬出一身大汗。爬累了，就拽着一株茅草或一棵小树，停下脚步喘几口大气，然后加快脚步继续攀登。上气不接下气。气息憋在胸腔里，没等完全释放，又吸入，就喘得急，累及心脏，心跳就快了好多。

再累也得坚持。敌人正在登岛，也许很快就会包抄过来，他们只能豁出去，拼了命地爬。

禹平搀扶着石大爷，身累，心更累，心里七上八下，如一团乱麻。在海盘车岛多好，偏偏跑到这儿来。小渔船上的渔民还着急出海下网，不大愿意捎他，他好说歹说，人家才答应，还是看在政府干部的面子上。结果到了尖山岛，脚刚落地，敌军就追来了。而此时，海盘车岛上的曾达成他们还浑然不知。

禹平很沮丧。

尖山之顶像一个人的秃顶，没有高树，只有灌木和蒿草。

最先登上山顶的邢家发朝北坡下看了一眼，然后挥舞镰刀，砍削荆棘，连根拔掉半人高的蒿草，清理地面，供大家落脚。邴志永放下枪，夺过镰刀，学邢家发的样子，嗖嗖嗖地砍起来。战士们拔蒿草，带起的泥土用脚踩平踩实。软草不拔，踩倒了事。

第一章

山上山下

二十多人全部登上馒头状山顶。山风吹拂，凉意袭来，顿觉寒冷。已经晌午了。偏西的日头像一个圆饼，吊在天空，斜照着尖山岛。从山头望下去，海面像垂直降落，深不可测，闪烁的银光铺向天际。东方和北方的远处，朦胧可见海盘车岛隐入云雾之中的巍峨山峰和贝城岛灰色的长条剪影，海盘车岛趴在天海一色的海平线上，贝城岛融入辽南陆地复杂的背景中。

尖山岛北坡，在原是日本人修建的"观察哨"小屋下面的海边，停泊着一只白色汽艇，甲板上晃动着几个人影，是看船的敌军。目光沿着汽艇停泊点上移，一条盘山小路向东西分岔。穿黄色军装、荷枪实弹的国民党兵正绕过尖山岛西侧，从西屯的居民区绕到南面，看架势是直扑半山腰的村部。

"一个，两个，三个，四个……"小谷子伸着脑袋，手指不住地点着。

"小谷子！你这不是暴露目标吗？"皮立巍厉声喝道。

"赶紧趴下！"延崇诚严厉地瞪着小谷子，心想，他怎么不知道害怕呢。

小谷子脸一红，赶紧矮下身子，又小心地向上探了探脑袋："最后尾那个人，扛了个什么？"

延崇诚向敌军队伍的后面看去。

"是机枪！"伊翎韵说。

"对！是机关枪！"郗志永也认出了扛在最后一名敌兵肩上黑乎乎的大家伙。

延崇诚仔细看了一会儿，是落在后面的两个敌兵换着班儿扛那挺机枪。

光是这挺机枪，就让人心生压力，甚至望而生畏。

延崇诚的目光从敌军队伍的后面往前扫，一直扫到最前面。

敌军有三十多个。在前头带路的，正是外号"哈大肚子"的哈满江!

可是，哈满江身后，被几个敌军推搡着的女人是谁?

延崇诚的眼睛直了。

三十多人逶迤而行，因树木遮挡，每次只能看见其中的一部分。要看哪个人，刚要看仔细、看清楚，就被树遮住了。再要看到这个人，目光就得越过几棵树，等在树的间隙，那人在树的间隙出现时，不等看清楚，就又被前头的树木遮住，仿佛在树的海洋里扎猛子，一会儿露头，一会儿沉入水中。而且因为山势陡峭，从山上往下看，看到的是人的头部和肩膀，就像正午的阳光把一个人的影子投到地上，几乎就是一团，就连辨别一个人走路的姿势都非常困难，更不要说看清楚一个人的面相。

延崇诚想看清那个女人是否认识，使劲眨着眼睛，却几次都没看清楚，只是模模糊糊看出是穿了蓝色花上衣，留着短发。

"是蔡大姐!"小谷子又抬起头，惊恐地指着山坡上移动的人群，"我说我做了那样的梦!……"

果然是蔡淑媛！她到底是让敌人给抓住了。

延崇诚仿佛遭遇晴天霹雳。

邢家发揉了揉眼睛，说："这个蔡淑媛，怎么搞的！……"

邴志永很奇怪："我找了半天，差点把岛子翻遍了，都没找到，敌人是从哪里找到她的？"

"蔡大姐落到敌人手里，非常危险。"延崇诚紧皱眉头，一筹莫展。

伊翎韵更是吃惊得差点尖叫出声。

<h2 style="text-align:center">三</h2>

尖山岛海拔高度不足三百米，斜坡的长度大约四百米，延崇诚他们与敌人的距离，目测只有二百多米，能看清敌人帽子的形状和刺刀的亮光。敌人的武器装备堪称精良，人数也多。延崇诚他们，拿枪的满打满算，只有九人，除了他和皮立巍拿的是驳壳枪，其余七支是三八大盖。抢占有利地形使他们占据主动，但山头光秃秃的，没有掩体，还带着十几个没有武器的非战斗人员，和敌人交起火来，不仅没有胜算，也很难脱身。

解救蔡大姐更是没有可能。

延崇诚不由自主地发出了粗重的叹息声。

"区长！你没事吧？"禹平偏过头，磕碰着牙齿，问道。

"哦，没事。先沉住气。"延崇诚目不转睛地盯着山下。

他如果情绪低落，六神无主，会影响到所有人。

目光平扫山顶，发现一些紫色的小花在微风中颤抖。正是在贝城岛蚬子窝铺山崖下见过的山茄子花。只是这些花被他们不小心踩踏了，有的花朵已经揉碎，渗出的液体染紫了泥土。延崇诚的心突然疼了一下。山茄子花，就像芸芸众生，无人问津，却很容易被踩躏。它们开了谢，谢了开，结出没有任何用处的果实，却生生不息，永远延续。

山头的中间，摞了一堆烙着烟火痕迹的石头。相传这堆烟熏火燎过的石头是明朝时期传递敌情信息的烽火台。万历年间的那场望海埚大捷，就是从海盘车岛的制高点上点起烽火，尖山岛的民众发现了，也在山顶点起烽火，毛口那边看见了，也点了火……烽火传递，望海埚守军有了准备，在两千余倭寇入侵时，一举将其歼灭……

这是一堆令人肃然起敬的石头。大敌当前，看着烟熏火燎过的石堆，延崇诚镇定了下来。他必须打起精神，给大家勇气和力量。

皮立巍眨巴眼睛，一直盯着山下，好像在仔细辨别着什么。

"皮队长，看样子敌人是冲着我们来的！"延崇诚说。

"啊，是啊！"皮立巍还是盯着山下，略显惊慌的样子。

"山下面，有你认识的人？"

"啊？有啊！不是蔡大姐吗？"

"除了蔡大姐，还有没有？"

山上山下

皮立巍反复眨眼，气息越来越粗重。敌人已经移动到西屯和南屯之间，正在坡路上急行，前头的已经在房屋之间穿行。山坡上茂密的树木不时切断视线，松树的根部一米多高是光杆，目光贴着坡面，透过树木的缝隙向下看，能看到像幻灯片一样切换的镜头。皮立巍的目光，似乎是始终盯住一个人，追踪着那个人。因为树木的遮挡，他的脸上布满疑云，好像想印证什么，又害怕印证。

延崇诚又问一遍："还有认识的人？"

"哦，没有。"皮立巍赶紧说。

"前面带路的那个，是不是哈满江？"延崇诚问。

皮立巍的目光偏转了一下，好像在仔细辨认："还真是哈……哈满江这个坏蛋！"

延崇诚沉着脸，不再说话。北坡岸边的白色汽艇旁，还傍着一条小渔船，和汽艇拴在一起，帆篷已经降下。这只白色汽艇，毫无疑问，就是昨天从安河开往贝城岛的两只汽艇之一。那条小帆船，就是哈满江驾驶着去贝城岛告密的船，回程时，小帆船是被汽艇拖回来的。

看来，在哈满江告密之前，敌人已经抓住了蔡大姐。

敌人有三十多个，肯定是除了乘坐汽艇，哈满江的小帆船也搭载了几个。

弄清楚这些，对于接下来如何行动，没有丝毫意义。延崇诚又陷入无助和悲哀之中。

四

敌人鬼鬼祟祟，快速包抄南坡上的村部。

延崇诚睁大眼睛，观察敌人的动向，思考对策。从山顶往山下看，相当于俯瞰，能看到村部院子的矮墙，高高的风呲楼更是一目了然。延崇诚猜测，敌人到村部扑了空，也许会攻山。山头不是久待之地。可是在尖山岛，哪有能够隐蔽和躲藏的地方？

邢家发说，以树木为掩护，跟他们打游击！

延崇诚摇头，松树丛倒是可以利用，但地方太小，没有回旋的余地，硬打，要付出惨重代价。

伊翎韵咬着牙说："我们付出代价，敌人也休想占到便宜！"

"蔡大姐怎么办？"延崇诚问。

所有人都面面相觑。敌人押了蔡淑媛来，肯定是别有用心。硬拼，蔡大姐的安全如何保证？

敌人到村部扑了空，气急败坏。在通往海边小坝的坡路上，哈满江指指点点，大概是说他们的船昨天还停在这儿……

这时候，傻子石德宝不知从哪里冒了出来，晃悠到村部，斜倚着灯笼杆子下面的土墙，饶有兴趣地看稀奇。

"喂！"哈满江朝石德宝打招呼，"你看见这儿的船，哪儿去啦？"

石德宝只是笑。

"你告诉我，给你好东西吃。"哈满江装模作样地从衣兜里掏东西。

石德宝脑子坏了，分不出好坏人，有奶便是娘。延崇诚生怕他说出区政府交通船的去向。说了去向问题也不大，如果说是空着船往东去了，敌人就大有文章可做了。

哈满江却没有从兜里掏出好吃的东西来。

"嘿嘿！……"石德宝看着哈满江，傻笑。

"告诉我，他们的船，去哪儿啦？就是，往哪个方向去了？"

"往那边！——"

延崇诚他们听不清哈满江和石德宝说话的声音，但能看清手势。石德宝没有朝东边指，也没有朝西边指，而是指向正南方向。那是汪洋大海，无边无际。

哈满江气得骂了一句，还要抬脚踢石德宝，被敌军官喝住。

敌军官也骂了一句什么，在院子里踱来踱去，像只没头苍蝇。

"敌人会不会以为我们已经转移啦？"邢家发自言自语。

"有可能。"石大爷说。

邴志永认为敌人大老远跑来，不会善罢甘休，就这么稀里糊涂地走了。

伊翎韵更担心蔡大姐的安危。敌人如果撤走，肯定还要押着蔡大姐。那可怎么办？

"再看看，哈满江还有什么花样。"延崇诚沉住气，紧紧盯住村部院子里敌人的动向。

敌军官（大概是连长）枪口冲天挥了一下，好像是下令返回，并斥责哈满江谎报军情。哈满江紧着扯拽敌军官的衣袖，并从兜里掏出了什么东西（白花花的，像是银圆），塞给敌军官。边塞边朝当兵的喊："兄弟们！别别……"

"少来这套！"敌军官怒气冲冲，用枪管扒拉开哈满江伸向他的那只手。

这个国民党军官不贪财！延崇诚忽然觉得脑子不够用了。是不是可以争取他呢？

可是怎么争取？

敌军官又下达了什么命令。本来已经准备向西绕去，到北坡乘船返回的敌军，又停下了。敌军官仍旧是一副余怒未息的样子。

在敌军官转身的一刹那，皮立巍的眼睛瞪大了，目光直直的，一副难以置信的神情。

延崇诚看在眼里，心里一咯噔。皮立巍看见了什么，如此震惊？

敌军三十多人在院子里徘徊，把院子挤满了。蔡大姐可能被押在屋子里，延崇诚瞅了半天也没有看见。

延崇诚分析，敌人找不到他们，也找不到区政府的船，判断他们已经转移的可能性比较大。而如果做此判断，就一定会以为他们是夜里乘船去了海盘车岛。这样一来，敌人或

者驾驶汽艇去海盘车岛，或者直接打道回府。敌人选择后者
的可能性更大，因为他们如果贸然去海盘车岛，不仅不会占
到便宜，还极有可能有去无回。敌人既然已经得到情报，肯
定知道海盘车岛有区中队的主力。

如何救下蔡大姐，是个难题。

五

敌军已经疲累，有的坐在地上，有的斜倚着墙，帽子歪
戴着，枪杆像棍子一样竖戳着，就等着长官一声令下。

敌军官还在犹豫。也可能是太累了，需要休息一会儿。
由于哈满江的坚持，敌军撤走的可能性不大了。敌人在岛上
滞留的时间长了，备不住就会通过什么途径得知他们上了山。

"还是要做好战斗准备。"邴志永建议。

延崇诚点头。

邴志永让几个战士每人从石头堆上搬一块石头："搬浮上
的，不要太大。"

"浮上"指最上层的。下面的石根扎进了土里，很难抠出
来。

战士们搬起石头，放到地上匍匐着滚动，将石头滚到圆
形山顶的外沿，依次排开，然后趴稳，把长枪架到石头上。
他们练习瞄准时，就是以石块或土堆为依托。也练过以左手
托枪，拐肘着地，但都托不稳。

"注意！"延崇诚提醒战士们，"头低下去！石头别滚'过料'了。"

"过料"即超过界限。

石块大小不一，形状也不规则。小涂搬了一块底面略平、整体看去圆滚滚的石头，放到地上，往前推了推，想放得更稳当一些。因地面有凹陷，石头的一角与地面形成缝隙，枪架上去试了试，不稳。这时候皮立巍说了句"真笨"，上前帮了一把，大概是想把石头弄稳一些。邴志永见了，推开皮立巍："你也够笨的。这地场能放稳吗？"皮立巍用肩膀顶了一下邴志永："就你能！"

小涂放下枪，伸手够着石头翘起的一端，手哆嗦着不听使唤。

因怕暴露目标，头不敢抬高，身子也尽量往下压，摆弄石头时只能尽力伸长手臂去扒拉。皮立巍匍匐向前，伸出的手也有些哆嗦。

突然，那块石头像被输入了特殊指令，摇晃了几下，翻了个身，向山下滚落。

邴志永伸出手去，想拦住，已经来不及了。

"啊！"

所有人都大惊失色。

到底还是滚"过料"了。

延崇诚看看战士小涂，看看皮立巍，看看邴志永，都是一副惊慌失措的样子。

"怎么搞的？"皮立巍面红耳赤，埋怨小涂。

"我……"小涂张口结舌。

邴志永说皮立巍："是你弄的，你别赖小涂！"

"我？……"皮立巍惊慌至极。

"不敢承认？"邴志永哼了一声。

"区长！"皮立巍吓傻了，浑身哆嗦，魂不附体了。

是皮立巍干的！是因为紧张慌乱，还是……延崇诚思前想后，脑子乱成了一锅粥。

"快趴下！注意隐蔽！"延崇诚脸色铁青，向所有人命令道。

山坡陡峭，那块几十斤重的石头翻滚着，磕磕绊绊，几次被树木阻拦，又几次冲破阻拦，弹跳着向山下滚落，越滚越快。滚到半山腰时，被什么东西卡住，但是滚动的声音已经传到了山下。

"山上有人！……"

是哈满江的喊声。

第十一章

疑似没有退路

一

"把敌人的汽艇劫了，怎么样？"邢家发盯着北坡山下，鼓着腮帮子说。

"劫？"延崇诚一时没有反应过来。

"就是抢！"邢家发又咬紧腮帮子，耳根的肌肉坚硬如铁，"抢了汽艇，去海盘车岛！……"

延崇诚心里一亮。如果能劫持敌人的汽艇，岛上的敌人就会乱作一团，对他们毫无办法。敌人集中在尖山岛南坡，有滚石惊动，下一步肯定要攻山。他们现在神不知鬼不觉地从北坡下山，有充足时间抢到汽艇。等攻山的敌人发觉上当，已经晚了！

延崇诚盯住北坡海边的白色汽艇看了片刻，立即打消了劫持的念头。汽艇上有荷枪实弹的敌军看护，他们如何劫持？不等靠近，就会遭到袭击；何况就算全部消灭守敌，劫持成功，谁会开汽艇？

疑似没有退路

延崇诚继续想，我们现在居高临下，多少占据主动；如果从北坡下山，敌人会蜂拥而上，占领制高点，我们的一举一动，敌人尽收眼底，那样就会腹背受敌，更加被动。

劫持汽艇基本上没有成功的可能。

退一步说，就算劫持汽艇成功了，汽艇上的人也愿意效劳，他们撤走了，被敌军押着的蔡大姐怎么办？

劫持汽艇撤走，不是上策。

延崇诚刚透出一丝光亮的心里又暗淡下去。他朝邢家发摇了摇头，又将目光转向南侧的山下。

敌军叽哇乱叫着，举着枪，迎着石头滚落的方向，朝山上围攻。透过松树的缝隙，能看到晃动的枪刺。

"中央军来了，你们投降吧！"哈满江藏在一棵树后，露出一条挥舞着的胳膊，朝山上喊。

大家屏住呼吸，枪口朝着山下，严阵以待。

敌人越来越近。

"仔细看看，蔡大姐在没在？"延崇诚生怕一旦开枪，误伤了蔡大姐。

伊翎韵说："蔡大姐如果被敌人押着，以她的脾气，一定不会屈服，一定会有骂声！"

延崇诚认为伊翎韵的分析有道理。从敌军进到村部的院子里，就没有再看见蔡大姐，估计仍旧被押在屋子里。

"伊主任！你的枪法行吧？"延崇诚问。

"很久没打了，我想是没问题。"伊翎韵说。

"小涂，把枪给你伊大姐！"延崇诚看向小涂，又对伊翎韵说，"你先开第一枪！一定要打准！"

"是！"

伊翎韵接过小涂递来的枪，没有石头当依托，就弯起左臂，拐顶立在地面，手掌向上托起弹槽前方的木质枪杆，右手拉动枪栓，子弹上膛，枪托抵住右肩窝，右手握住枪托凹处，闭了左眼，瞄准，食指不易察觉地扣动了扳机。

"啪！——"

枪响了。

"啊！——"一个敌军被击中，发出一声惨叫。

"好！"延崇诚大喜，"这一枪打得好！就这样打！"

邴志永也把枪托贴紧右腮，闭上左眼，做瞄准状。

"打！"延崇诚下令，"注意，一定要瞄准了打！要节省子弹！一人先放一枪！……"

班长邴志永的枪响了。

"啪！——"

战士们也随后开枪。

"啪！——"

"啪！——"

……

短暂交火，敌人有的趴下，有的后退。

"敌人会不会从北坡上来？"邢家发担心地朝西坡观望，看有没有敌兵从那里迂回到北坡。

疑似没有退路

"如果腹背受敌，我们就……"邴志永也非常担忧。

延崇诚觉得敌人兵力有限，不大可能分出一部分从北坡攻击。从南转到北要绕半个山坡，距离很远。从战术上讲，敌人也很有可能故意开放北坡，从南坡以火力压制他们，迫使他们放弃山头，从北坡撤退。那样就正好中计——敌人占领了山头，居高临下，他们便暴露无遗。

想明白了这一点，延崇诚认为必须坚守山头，打退敌人的进攻，坚持到天黑再说。

而此时，才是下午两点多钟。时间过得太慢了。

敌人火力凶猛。战士小涂手里没枪，有点不甘心，起身，要去搬一块石头给伊翎韵当枪托。谁知刚一抬头，头部就中弹了，一颗子弹从头顶穿过小涂的帽子，鲜血顺着脸颊流淌。

伊翎韵丢下枪，抱着小涂，呼喊着："乐乐！乐乐！……"
小涂没有任何反应。

伊翎韵动作麻利地从腰间扯出毛巾包扎了小涂的头部，放下，然后操起枪，重复规范的射击动作，左臂弯折着地，稳稳地托起枪，右腮贴紧枪托，瞄准，击发，一个敌军应声倒地，还没来得及发出惨叫，就一命呜呼了。

邴志永咬着牙说："这帮坏蛋！要是有一挺机关枪，我自己就把他们全包圆了！"

延崇诚看着牺牲的小涂，心里一阵绞痛，手也不由自主地微微颤抖。刚才还生龙活虎的涂乐乐，现在永远闭上了眼睛，延崇诚万分震惊和难过。他知道打仗会死人，但死亡真的来临，并且就发生在他的眼皮底下，还是难以接受。

化悲痛为力量！为牺牲的战友报仇！——他强压怒火，在心里发誓。

可是，怎样才能更多地消灭敌人，保护好自己人呢？

禹平不时地看向延崇诚，看到的往往是后脑勺。延崇诚偶尔转过头来，也是瞬间一瞥，看看身后的人们是否隐蔽好，就又转过头去，紧盯住山下，他看到的仍是区长的后脑勺。就在延区长回头的瞬间，他再次感觉到了延崇诚的不安和慌乱，脸色苍白，嘴唇干燥得爆皮，有血丝渗出。延崇诚也许并不自知，禹平却从他那里接收到处境极其险恶的信息，不由得心智大乱，浑身瑟瑟发抖，牙齿发出"嘚嘚"的磕碰声。他怕被别人发觉，却怎么也控制不住。透过树的间隙，能看到与山根连成一体的海面波浪奔涌，远方的海面仿佛抬高了，从山上往下看，海站立了起来，云压着浪，浪追着云，滔滔滚滚，在天际翻腾，一如他此时渺茫的心境。

"没有退路了，"伊翎韵眼里冒火，用力握了握手中的三八大盖，"拼吧！……"

拼？拼得过敌人？每个战士胸部捆着子弹袋，看上去挺威风，其实里面只有两个弹夹，十发子弹。要是都有伊翎韵的枪法，或可抵挡一阵。事实上除班长邴志永参加过解放安河的战斗，其他战士入伍时间很短，只练习过瞄准，没打过枪，有人可能十发子弹全打光了，也不见得能消灭一个敌人。和敌人拿的美式枪支硬拼，只能是以卵击石。

"敌人一旦攻上来，我们就搬石头往下滚！"邢家发眼睛血红，腮帮子又鼓凸起来。

石大爷赞同："紧要关头，这堆石头就是武器！"

姜师傅哈下腰，搬动一块石头，有些吃力。

"都趴下！"延崇诚急忙喊道。

话音刚落，一排子弹射来，"啾啾"的响声就在耳边。

敌人用机枪扫射。

姜师傅慌忙丢下石头，跌坐在地。

"注意隐蔽！"延崇诚又喊。

二

邢家发、石大爷、小谷子等尽量不使头部暴露在敌人视线之内。他们专拣些不太大的石块，先搬起来移动到石堆外围，在接近山头的边缘时，放下石块，几乎是匍匐在地，连推带撬，把石块滚到指定位置，只等敌人靠近了，把石头推下去，就像之前滚下去的石头一样，叽里咕噜冲向敌阵。他们尽量拣圆滚鼓棱的石块，滚动起来速度更快。如果被树干拦住，那就当是子弹卡壳了。缺少武器弹药，这是目前唯一可能奏效的办法。

都趴下了，不知山坡上的情况，也听不见杂乱的声音。是敌人已经消停，还是正悄声向山上推进？

邝志永拿树枝顶起自己的帽子，"乒——"枪声响了，但没有打中帽子，子弹从山尖掠过，带着呼啸的长音，斜着射向天空。

看来敌人的枪法也是一般般。不过，凭枪声，敌人离山头已经不远，也就四五十米吧。

这样躲下去，敌人很快会攻上山头。到那时他们就算用上全部火力，也只能是鱼死网破了。

延崇诚小声说："把敌人放近了，枪和石头并用！一定要出其不意，一鼓作气，把他们打下去！"

延崇诚小心地抬起头，目光越过一片荒草和松树，刚刚能看见扇形围攻的敌军。敌人已经领教了从山上射下来的子弹的厉害，攻山的节奏明显迟缓，一个个端着长枪，胆战心惊，腰弯成对虾的形状，脸从弯曲的脖子上方仰视山顶，生怕上面突然开枪。

"打！"延崇诚压低音量，"还是一人一枪！"

说着，扣动扳机。

接连七八声枪响，敌人发出"噢啊"的怪叫声，调头朝下，有的干脆双手抱头趴下，有的从斜坡上滑了下去。邢家发等趁敌人乱作一团，赶紧往山下滚石头。负伤的敌军爹妈乱叫，连滚带爬隐入树丛，向山下逃去。

邢家发大笑出声，说："还是这招好使，子弹加石头，敌人不怕才怪。石头打没了，我这还有镰刀！"

伊翎韵也精神大振："敌人真没什么可怕的，枪声一响，逃得比兔子还快！"

郦志永却没有那么乐观："我们的子弹太少了。打一发少一发。这么个打法，坚持不了多久。"

正这时，又一排机枪子弹朝山上射来，有的"啾啾"地从头顶飞过，那声音听着叫人瘆得慌；有的击中延崇诚他们前面的泥土，最近的弹着点离他们躲藏的地方不足一米，子弹像钻头，钻出的泥土溅眯了延崇诚的眼睛。

凭感觉，机枪架设在离山顶很远处的东南坡上。敌人也害怕距离太近，机枪手被一枪命中，重火器成了摆设。

"能干掉机枪手就好了。"郦志永趁枪声暂停的间隙，抬起眼睛朝山下瞅。还没看出眉目，机枪又"噗噗噗噗"地响了起来。

只有等到机枪停火，敌人攻山时再打了。郦志永说得对，子弹太少，能坚持多久？

延崇诚深深地担忧。

郦志永磨蹭到左边敌人的视线盲区，突然起身。

"你干什么？"延崇诚急忙伸手去扯。

还是晚了半步。

郦志永一跃而起，猫着腰，朝下面十几米远的一棵老松树，健步如飞地奔去。

"回来！——"延崇诚大喝一声。

枪声突然响起。

郦志永抱着胳膊，在山坡上滚了几滚，滚回敌人视线的盲区。邢家发和皮立巍爬过去，把郦志永拽了上来。

延崇诚厉声训斥:"找死啊?"

皮立巍讥讽道:"这是逞能的地方吗?"

邴志永有些尴尬,想反击,却找不到合适的词语。他抢敌人丢在坡上的枪支、寻机干掉机枪手的打算落空了,一脸的失败感。

"记住!革命,不是玩命!冒险在任何时候都要不得!"延崇诚察看了邴志永胳膊上的伤势,还好,只是伤到了皮肉。

邴志永心有余悸,讪笑道:"敌人的枪法,也就这水平吧。"

<h2 style="text-align:center">三</h2>

机枪射出的都是一些无效子弹,但彻底压住了山头。机枪扫射,敌人就不能攻山,怕自伤。机枪停了,敌人攻山,我方就能开火。敌人似乎在想对策。

延崇诚也在想对策。

邢家发又招呼人搬石头。小个头的、圆滚滚的石头搬得差不多了,剩下的是大石头,烟熏火燎的痕迹比外围的石头明显淡了,有的已经深陷地层,抠都抠不出来。

子弹加石头,固然能抵挡一阵,但注定不会长久。子弹很快就会打完,抢敌人枪支的想法固然很好,但难以实现。石头的杀伤力极其有限,也容易躲避,而且石头也有用尽的时候,弹尽粮绝的局面即将到来。到那时拼刺刀?摔跤?战斗人员全部壮烈了,没什么可说的;还有一些像石大爷这样的普通群众啊！

延崇诚闭目沉思。困居山头，如同船抢滩搁浅，进不能进，退不能退，只能被动挨打。只有设法离开山头，跳出敌人的半包围圈，才可能获得一线生机。

他的心里透出一丝光亮。

"有没有办法，先把非战斗人员转移出去？"延崇诚问伊翎韵。

"转移？除非插上翅膀。"伊翎韵说。

"我们牺牲无所谓，可是……"

"在尖山岛，目前看，没有比这里更安全的地方了。"伊翎韵自信地说，"有我们在，敌人很难攻上来！你没看吗？他们都是些怕死鬼！"

盲目乐观！延崇诚转过身体，双肘着地，半匍匐着移向石大爷："这附近，有没有……"他想问有没有山洞之类可以藏身的地方。

"就算有山洞，能藏住几个人？"伊翎韵知道延崇诚想问什么，但觉得这想法是异想天开，不切实际。

延崇诚继续说："有没有，大一点儿的山洞？"

石大爷说："你这一说我想起来了，有……"

"区长！"皮立巍急了，"如果我们进了山洞，敌人只需要一挺机枪，封锁住洞口，我们就……"

邴志永也说："就算有山洞，能藏下这么多人？就算能藏下，能保证不被敌人发觉？"

延崇诚说："我是想，附近如果有山洞，把非战斗人员转移到山洞里，坚持到天黑，再做打算。"又说，"石大爷，山洞有多大？在哪儿？"

石大爷刚要张嘴，就听小谷子小声喊："这边，有人上来了！"

有人上来啦？是什么人？延崇诚立即握紧了枪，朝小谷子手指的方向望去。

东坡，松枝摇动，又摇动。良久。才发现有人穿过松树的间隙，呼哧喘着，跑上山来。

"谁？"邴志永转过身来，举枪瞄准。

延崇诚伸出手臂将他的枪杆朝上一抬。

四

上来的是当地一个渔民，姓秦，和村长老秦是本家，延崇诚钓鱼时认识的。延崇诚渔钩挂到礁石上拽掉了，小秦还帮他绑过渔钩。

小秦穿着沾有鱼鳞片的青色对襟褂子，戴一顶破了边的"苇笠头"——苇篾编的尖顶草帽，又称"斗笠"，形状像清朝官员的帽子。

"这里很危险，你怎么上来啦？"延崇诚非常吃惊。

小秦气喘吁吁地告诉延崇诚，敌人攻山的时候，他就躲在树林子里，偷听到敌人的对话。敌人当官的问哈大肚子，情报可靠吗？哈大肚子说，可靠，绝对可靠！当官的问，他们真的，只有七八条枪？哈大肚子说，我对天发誓，绝不撒谎！

邴志永惊问，哈大肚子怎么知道得这么清楚？

渔民摇头，说也许是你们下船时，他看见了。

"你知不知道有个女的，是敌人从贝城岛押过来的，她在哪里？"延崇诚问。

小秦摇头："我隔得远，没看见，可能还在'小衙门'里。"

小秦说的"小衙门"，就是原来岛上"组合"办公的地方，如今的村部。

"敌人对你们的情况一清二楚。"小秦意味深长地对延崇诚说，"区长！你们……要小心！"

"我知道了。你是哪个屯的？"

"我是东屯的，家就在山坡下，往南一点儿。"

"那你快下去吧，找地方躲起来！"延崇诚又叮嘱一遍，"躲起来，不要回家，不要让敌人发现你！……"

"还有，"小秦又急急地说，"我上来主要是想告诉你们一个藏身的地方——东坡靠南有一个山洞，离这里不到一百米。哈大肚子是西屯人，不一定知道……"

"山洞？"延崇诚看一眼石大爷，"多大的山洞？"

石大爷靠近了，小声说："我刚才没来得及说，那个山洞挺大，也有年头了，是打炕石板打出来的，有好些年没人打炕石板了，洞里洞外都是荒草，藏几十个人很容易……"

第十二章

解救

一

在延崇诚决定全体转移的时候，敌人又发动进攻了。有机枪从侧面掩护，敌人胆子大了，延崇诚他们不敢轻易探头开枪，想撤下山头，也很难躲开机枪的扫射。

"能不能，把敌人的机枪手干掉？"延崇诚问伊翎韵和邴志永。

"我再试试看！"邴志永说。

"我去！"伊翎韵急于起身，被延崇诚按趴下。

"小秦！敌人机枪的位置，你知道吧？"延崇诚问。

"知道。"小秦说，"离这儿很远，在坟地东面。"说着，伸手指了一下，"有小半里地。"

邴志永说："我刚才是想抢一支枪，再去干掉机枪手，鲁莽了。这回，我从东边绕个大圈子，绕到敌人机枪背后……"

"你崴了脚，能行？"延崇诚问。

"早没感觉了。"

"胳膊上的伤呢？"

"皮外伤，就当是刀割了个口子……"邴志永说得轻描淡写。

渔民小秦说："我和你一起去，那儿我熟。"

"不用！"邴志永说，"人多目标大，我自己就行。"

"拿上这个！"延崇诚把驳壳枪递给邴志永，又对小秦说，"把你的衣服，和邴班长换一下。"

"快！"邴志永一边催促小秦，一边脱上衣。

小秦急忙摘下"苇笠头"帽子，解开扣子，脱掉上衣。

邴志永脱衣服时，触碰了胳膊的伤口，疼得龇牙咧嘴。

伊翎韵着急地说："还脱什么褂子，直接套上呗！"

邴志永套上了沾着鳞片的上衣，戴着尖顶"苇笠头"，帽檐往下压了压，怎么看都像一个普通渔民。

延崇诚非常紧张："邴班长！一定要保证自身安全！能顺利干掉机枪手，再想办法弄清楚蔡大姐的下落。如果不顺利，你赶紧撤回！听明白了吗？"

"是！"

邴志永把匣子枪掖到裤腰上，用衣襟遮住，然后沿着刚才小秦上山的路径，从东侧向下穿过松林，只见松枝轻摇，人不见了。

二

郗志永下山后，山上的人都非常紧张，不知道郗志永此举能否成功。延崇诚指挥大家零星点射，既掩护郗志永，又迫使敌人放慢攻山的节奏。

"干掉敌人的机枪手，咱们就撤！"延崇诚加重语气，深思熟虑地说，"大家做好撤退的准备！"

小秦仍不甘心："区长，郗班长一个人，能行吗？"

延崇诚说："郗班长有过战斗经历，机智勇敢，相信他能完成任务！"

小秦说："我想下去，配合郗班长。"

"不行！"延崇诚断然否决，"等一会儿，你负责领大家去找山洞。现在的任务是隐蔽。"

小秦急切道："我怕郗班长不熟悉地形，走错了地方，叫敌人发现，就糟了。"

"你是普通老百姓，我不能让你去冒险！"

"不！"小秦十分固执，"上次岛上不少人当兵，我打鱼回来晚了，没当成。这次，我得跟你们走！"

"当兵的事，再说。现在不要盲动。"

"区长！我下去看看，保证不被敌人发现！"小秦态度非常坚决。

延崇诚想了想："那你……千万小心！"

"是！"

小秦只穿着内衣，光着脑袋，猫起腰，从东北坡下去。

延崇诚目送小秦消失在树林里。

机枪扫射了一阵。停火后，敌军战战兢兢，开始攻山。山坡上响起零星的枪声。

山上山下互射。

延崇诚盘算着，如何把这么多人转移到山洞。邴志永不回来，就只能在山头坚守。尖山岛的东南坡，很多树木被子弹击中，枝杈倒挂。

机枪，就架设在被击中树木更远的地方。

机枪连续射击的声音停息了，很长时间没有再响起。

"是不是，邴班长成功啦？"伊翎韵面露欣喜之色。

"再等等看。"延崇诚也有些兴奋。

过了不知多久，小秦猫着腰，扛着机枪，气喘吁吁地从东坡上来。那挺转盘轻机枪，他抱一气，扛一气，快到山头，扛不动了，把机枪放到山坡草地上，两条腿支着，黑洞洞的枪口指向天空。

小秦也就势趴下，薅一把干草，抹着脸上的汗。

延崇诚看着那挺机枪，喜出望外，就像卸掉了心头的千斤重压。

伊翎韵猫腰起身，一个箭步跨过去："太棒了！有了这个，多少敌人也休想攻上来！"

伊翎韵没有打过机枪，但看别人打过。她把机枪的两条腿架稳，枪托抵住肩胛，食指一勾，"啪啪啪啪……"十几发子弹射出去了。

机枪火力，压住了敌人进攻的势头。

连续的后坐力，震得伊翎韵肩膀麻胀。

小秦爬到延崇诚身边。

"机枪手干掉啦？邴班长呢？"延崇诚抑制着兴奋，焦急地询问。

小秦说，我追上邴班长的时候，他已经从侧面绕到了敌人机枪的背后，又小心地靠近，只两枪，就把两个敌人干掉了。这时候我跟了上去。邴班长见是我，愣了一下，让我赶快把机枪送到山上，他往"小衙门"那儿去了，去找蔡大姐。

"小秦，你也立了大功了。"延崇诚高兴地说。

"这玩意儿真沉。"小秦说，"敌人没有机枪了，咱们是不是可以撤啦？山洞就在下面，我刚才就从那儿路过的。"

"再等等，"延崇诚说，"等邴班长回来……"

三

凌乱的枪声响起，子弹擦着延崇诚他们的头顶飞上天空。

伊翎韵使步枪行，开机枪手生，机枪的三角支架高，架到山顶太显眼，很容易被敌人集中火力给端掉，就架在离山头很近的草坡上，也就是小秦顺手放下的地方，从那里斜着向爬山的敌军射击。扳机一勾，子弹就哗哗地向外喷，圆盘弹盒里本来就所剩不多的子弹，很快打光了。

只打死了几个敌人。

"光拿机枪上来，子弹呢？"伊翎韵问小秦。敌人肯定还有备用弹盒。

小秦很茫然："不知道哇！当时我抱起机枪就走，邴班长急忙往山下赶，不知道还有什么……"

延崇诚朝伊翎韵招了招手："敌人没了机枪，我们就减少了威胁！你上来，做撤退的准备！……"

太阳明显偏西了。按时间推算，小秦扛着机枪爬到山上的时候，邴志永就应该已经找到了蔡大姐。怎么还没消息呢？

延崇诚心急如焚，不住地朝东坡和西坡张望。

"怎么一点儿动静也没有？"伊翎韵沉不住气了。

皮立巍呆呆地趴着，眼睛微眯，心事很重的样子。小秦扛着机枪上来，他也只是惊诧了一瞬，并没有像别人那样欣喜和兴奋。

延崇诚的心思都在邴志永和蔡淑媛那儿，并未关注皮立巍，倒是伊翎韵感觉皮立巍有些异常。

焦急地等了十几分钟，也可能是二十几分钟，从山坡西侧的山沟里气喘吁吁爬上来四个人。前面是蔡大姐，随后是石嫂，中间是一个身穿国民党军装的人，断后的是戴着"苇笠头"的邴志永。尖顶草帽的出现，令山上的人们惊喜交加。

邴志永腰间别着驳壳枪，手里还多了一把长枪。

这是什么情况？

他们蹚着绊腿的藤蔓，寻找岩石的间隙，拨开挡路的松枝，从敌人视野之外的西坡小山沟里猫着腰向上攀爬。那条通向山底的小沟里生长着杂树和荒草。他们身体几乎贴到了沟壁，脚下不时跐滑。沟到山上无。那个穿国民党军装的人四脚着地，爬出陡峭的沟壁。蔡大姐和石嫂也累得几近虚脱。

山上的人，都无比诧异地看着他们。

爬出山沟，快到山头时，邴志永他们绕到西北，从荆棘稀少的地方爬上来。

邴志永不仅成功解救了两位女同志，还捉了一个俘虏！大家差点就欢呼雀跃起来。

延崇诚觉得，这个邴志永，太厉害，太不可思议了！

"看！——"邴志永喘息着，举起手里的长枪，"美式，半自动的……"

"你是怎么找到和解救蔡大姐的？石嫂是怎么回事？"延崇诚惊喜交加，接过邴志永递还给他的驳壳枪，着急地问。

邴志永说："石嫂也被敌人抓在村部，和蔡大姐在一起。"

他简短讲述了解救的经过。

干掉敌人的两个机枪手，让小秦把机枪扛走，他急忙下山，穿过一栋栋房屋，从村部瓦房东侧的厨房绕过去。他知道敌人不会把蔡大姐押在厨房，一定是在正屋。他顺手操起一把菜刀。干掉机枪手已经用了两颗子弹，他知道枪里的子弹不多了，能用其他办法，就不开枪。他握着菜刀，贴着墙根向西运动，听到屋里一名敌兵的吼叫和两个女人的怒骂声。

解救

从声音分辨，两个女人是蔡大姐和石嫂。他小心地扒着窗户向屋里看，蔡大姐和石嫂被捆绑了，坐在地上，两个敌兵端着枪，在屋子里走来走去。有个敌兵一侧脸，他觉得面熟，居然是一个村里的，不住一个屯。他高兴坏了，冲进屋里，朝不认识的那个敌兵砍了一刀，又转身对正发蒙的那个敌兵说，你是……姓马吧？敌兵吓傻了，说我不姓马，我姓牛……你认识我？

"是小牛帮我们解开了绳子。"蔡大姐说。

解救出乎意料地顺利。邴志永他们走了通向西屯的那条路，然后顺着山沟向上爬。山上的敌军，没有丝毫察觉。

邴志永兴冲冲地说着，摘下"苇笠头"扣到小秦头上："机关枪呢？"

小秦朝东坡努了努嘴。

"蔡大姐，你没事吗？"延崇诚听邴志永说完事情经过，赶紧起身问候。

"没事。"蔡大姐说。

伊翎韵揉搓着蔡大姐被绳子捆绑得发红的手腕："你昨天是怎么回事？邴班长到处找你……"

"我知道。我……对不起大家……"蔡大姐愧悔交加。

延崇诚没时间听蔡大姐的解释，问石嫂："你也没事吧？"

石嫂说："没事。太谢谢这位兄弟了。"她无比感激地看着邴志永。

延崇诚也看向邴志永："你脸上怎么啦？"

邴志永的脸上，横着一道血口子。

"他是为了救我。"敌军士兵战战兢兢地说，"从那边上来时，我差点滚了碴子……"

"欢迎你，弃暗投明！"延崇诚目不转睛地看着诚惶诚恐的敌军士兵，"你姓牛？"

邴志永急忙向士兵介绍延崇诚："这是我们区长，延区长！"

"区长好！我姓牛，叫牛年。"敌军士兵说。

"这是我们区中队副队长，皮队长。"邴志永指着卧在地上的皮立巍，向牛年介绍。

"皮队长好！"牛年向皮立巍点点头。

皮立巍却勃然变色，对邴志永吼："现在是什么情况，你还弄个俘虏！"

邴志永愣住："你这话是什么意思？他是咱老乡，又是投诚的，换了你，该怎么办？"

皮立巍感觉到了自己的冲动，缓和了语气对延崇诚说："区长，我的意思是，敌人快攻到山上了，我们自己都顾不过来，弄个俘虏不是没事找事吗？这个俘虏……"他看一眼趴在地上，像是被他吓着了的牛年，"他要是个奸细，怎么办？……"

"胡说八道！"邴志永气得脸色通红，"他也不是打入我们内部的，怎么就成了奸细？我看有的人的所作所为，倒像是奸细！"

"你！……"皮立巍的脸，涨成了紫茄子。

"别吵了！"延崇诚厉声制止。他问牛年，"你家是安河的？"

"是。"

"怎么当的国民党兵？"

"被抓了壮丁……"

"你们的人中，还有谁是安河的？"延崇诚又问。如果能争取安河老乡战场上"反正"，也不失为一着好棋。

牛年摇头，说没有。又想起了什么："我们连长是。因为是老乡，对我还挺关照的……"

"他是安河哪儿的？"

"这个不知道。长官的事，我们不敢问的。"

要是能争取敌军连长弃暗投明……延崇诚刚冒出这个念头，又打消了，现在是两军对阵，哪有时间和机会沟通。

延崇诚发现，刑家发的腮帮子咬紧了。这可是邢会长的习惯性表情。

这时候，石大爷冲郝志永双手抱拳，老泪纵横："太感谢郝班长了！"

"爹！"石嫂一惊，这才发现石大爷，"你也在这儿？"

石大爷心疼地说："孩子，你受苦了啊！"

"多亏了这位兄弟。"石嫂又说了感激郝志永的话。

敌军再次攻山。机枪没有了子弹，成了摆设，郝志永有些懊恼。他举起从牛年手里缴获的半自动步枪，连续开火。

敌军嗷嗷叫着，向下退去。

　　救出了蔡淑媛和石嫂，敌人的机枪也在我们手里，延崇诚心里一块石头落地。趁敌人溃退，他命令大家："快！转移，找山洞，躲起来！"

　　皮立巍眼神有些飘忽，迟疑着爬起身，又伏下去："区长，要不，你们撤，我掩护！"

　　"全部撤！"延崇诚神色严肃，口吻不容置疑。

第十三章

放弃山头

一

戴着尖顶"苇笠头"的渔民小秦在前领路，手握镰刀的邢家发、叼着空烟袋吸得有滋有味的姜师傅等从东坡偏北的方向有序下去。石嫂搀扶着石大爷，跟在人群后面。小牛左右看看，一声不吭地跟在邴志永身后。

邴志永从坡地上抱起那挺机关枪，想想也没什么用了，登上山顶，朝石堆狠砸下去，砸得木柄碎裂，枪管变形，然后背着牺牲的小涂，闷着头，小心翼翼、绊绊磕磕地走着。脸麻胀，胳膊疼，崴了的那只脚，在爬沟坡时蹬得太用力，这时候就有些跛。

伊翎韵扯着蔡淑媛的手，边急匆匆地走，边问："前天究竟发生了什么事，邴志永找了半个贝城岛，都没有找着。你去哪儿啦？"

蔡大姐非常惭愧地说："我能在哪儿？就在家里啊。"

"邴班长到你家去了，说是姐夫在门口迎的他，告诉他说你一大早就到区里了……"

"他撒谎！"蔡大姐说，"他不让我跟着你们走……"

伊翎韵说："姐夫把你锁在家里啦？"

蔡大姐点点头："他说，干革命就不要家啦？把我气得……"

"是这样啊。"

"他不让我走，孩子也不让……"

"孩子……？"

"孩子才四岁，还有些发烧，哭着闹着，抱着我的腿，我走一步，就拖他一步，把孩子拖倒了，在地上打滚哭。我的心一下子揪了起来。唉，谁叫我是当妈的……"

伊翎韵虽然未婚，更没有孩子，但能体会得到蔡大姐面对孩子哭闹时的心情，太难选择了。她的眼睛不由自主地湿了。

"我知道，这一走，不知道什么时候能回来。你说孩子要是有个三长两短的，我可怎么办？我心一软，就说我不走也行，得上区里跟区长说一声，要不大家会等我，耽误大事。俺家那个也不让，反正就是不让我走……"

伊翎韵说："大姐，你太不容易了。"

"邴班长去，我知道。我听见他和我男人说话，那时我醒过味了，赶紧拍门，可是邴班长急急忙忙走了。我把孩子放到炕上，从后窗跳了出去，想和邴班长说明情况，如果邴班长也认为我可以不走，我就回家；如果觉得我还是走好，我就走！家里反正有他，就让他照顾孩子吧。"

"后来呢？"

"我从后窗跳出来，绕道走，怕被俺家那个看见。我觉得我走得挺快，可是怎么也撵不上邴班长。我也不敢大声喊啊。等到离家远了，能大声喊时，喊，邴班长也听不见了……"

"知道这样，我们再等你一会儿就好了。"伊翎韵说。

"我赶到离蚬子窝铺还有半里地吧，就看到船的帆篷升起了。我知道晚了，赶不上了，坐在地上大哭了一场……"

蔡大姐说着，眼泪又不由自主地流了满脸。

"你是怎么被敌人抓住的？"

"我后悔啊，后悔自己不争气，害得邴班长白跑一趟。我也知道，按潮水，船早就该走了，肯定是因为等我。我掉队了，心里很难受。我走回区里，想看看有没有落下的文件材料什么的，收拾一下……"

"所有文件，区长都提前收拾了。"伊翎韵说。

"你们都走了，区政府院子里空荡荡的，我心里也空落落的，手脚都没处放，不知道干点儿什么好，就像魂儿没在我身上。我在办公室待了一会儿，就听到马达声，是敌人的汽艇从安河开到了蚬子窝铺。我哪想到你们前脚刚走，敌人就到了。我想回家，孩子还病着呢。可是吴小鬼这帮家伙，堵住了区政府的院子……"

"敌人一来，他们就嚣张了。"伊翎韵恨恨地说，"延区长白对他们训诫一场了！"

"这笔账，早晚要算！"蔡大姐说，"他们是怎么对我的，怎么对群众的，我都记着。我以为，这次是完了。敌人把我弄到汽艇上，往尖山岛开，我很纳闷。我以为你们是去了安河，又觉得不对，敌人就是从安河来的。我不知道咱们的船改道往西去了，更不知道你们又转道来到这里。敌人把我带到'小衙门'时，我还蒙在鼓里，直到他们把石嫂抓来，从石嫂口中，我才知道，你们在岛上……"

"大姐啊！"伊翎韵说，"你和石嫂，都受苦了……"

"多亏了邴班长。"蔡大姐说，"那小伙子有勇有谋，真够机灵的，我还没明白是怎么回事，两个敌兵，一个死了，一个缴枪，真像是做梦一样……"

二

众人有序往山下撤，准备找山洞躲藏。小谷子跟着大家走了两步，见延崇诚还趴在地上朝山下观望，又回过头扑倒在延崇诚旁边。延崇诚以为是皮立巍，刚要发作，却见是小谷子，更是气不打一处来："你怎么不走？"

小谷子委屈地说："你怎么不走？敌人要是上来了，你自个儿能行？"

皮立巍走了两步，又折了回来，犹犹豫豫，进退两难："区长，你还要带队伍！还是我来掩护！"

延崇诚后退着起身，朝敌人的头顶开了一枪，造成仍在山上的假象。然后，下令小谷子和皮立巍，马上撤退。

放弃山头

大家走北坡，向东，向下，走的是一条斜线。穿过一片又一片松树林，迈过蛛网挂扯蒿草丛生荆棘遍布的斜坡。山洞的具体位置，渔民小秦也有些吃不准了。他抱着机枪上山时，明明是从山洞附近经过的。现在一想，当时经过的是下面的洞口，现在他们抄近路，要找上面的洞口，就有些不好确定具体位置。石大爷东张西望，一时也难以判断。山坡面积太大，走的又是从来没有走过的路径，要想在慌急之中找到隐蔽的洞口，确非易事。磨蹭了十多分钟，延崇诚他们都已经跟上来了，走在前面的小秦才发现东坡半山腰处山岩上斜开着的锅盖大小、几乎被蒿草遮住的黑洞。

"谢天谢地，到了。"小秦松了口气。

这个并不显眼、很难发现的黑洞，是山洞上面像小天窗一样的洞口。

延崇诚让郝志永将牺牲的小涂放到洞口旁边一棵松树底下的土坑里，盖上树枝和干草。进洞时渔民小秦打头阵。然后是邢家发、姜师傅、石大爷……待蔡淑媛和石嫂下去之后，延崇诚让皮立巍下。他跟在皮立巍后面，让那个姓牛的安河老乡跟着他。一行人像下地道一样，一个跟着一个，斜着身子把自己插进洞口，扶住洞壁，倒爬着，退下去，退到坡度小了的宽阔地带，猫起腰，转过身向下走。

蝙蝠被惊动了，扑棱着从石缝中飞出，撞到人的脸上，向洞口飞去。延崇诚大惊。如果敌人发现了蹿出山洞的蝙蝠，一定会向这里集结。只要封锁两个洞口，他们就困死在里面了。

"不会塌了吧？"小谷子惊恐地看着石角嶙峋的洞顶，担心会塌下来。

"这都多少年了没事，你一进来就塌啦？"延崇诚道。

他仔细看着洞顶和洞壁。山洞像一个大空筒，地面坑坑洼洼，越往下越宽敞，下面的洞口反而窄了。透过稀疏的光线，能看到洞壁拆解石板留下的痕迹，像石刻。他仿佛看到当年石匠们手持长杆铁撬杠顺着岩石的纹理撬动，石板一张一张顺着斜坡滑下来的情景。更高处的断碴形成穹顶，挤压如拱门，看上去非常危险，好像随时都会塌下来，其实坚固得很。如果不看石壁的纹理和刻痕，会以为这就是一个专门用来藏人或藏东西的天然洞穴。

"轻点儿，尽量不惊动'元宝蝠'！……"延崇诚向后面的人小声喊。"元宝蝠"是海岛人对蝙蝠的俗称。洞里光线折射，拐角处漆黑一片，是蝙蝠的藏身之处。伊翎韵靠着延崇诚的肩膀，朝着有光亮的地方走，走得深一脚浅一脚。

"怕吗？"延崇诚问。

"元宝蝠吗？不怕！"伊翎韵说。

"如果敌人发现了我们，围上来呢？"

"有你在，我不怕！你怕吗？"

"怕也没用。我正在想办法。"

"有办法？"

"有！"

延崇诚分明感觉到了伊翎韵身体的战栗。

放弃山头

二十多人分散在山洞的开阔地带，离斜门状洞口只有几米远，能听到洞外从山顶传过来的声音。

敌人没有受到任何阻击，顺利攻上了山头，见山上空无一人，敌军官火了："妈的，山上的人呢？"

"你看这些脚印！石头也挪窝了！这是弹壳！机关枪也在这儿！还有——血！……"哈满江抑制不住激动的声音。

"他们去哪儿啦？"

"一定是藏在树林里！看能不能找到血印儿！长官，你这回能立大功！"

"损兵折将，我立个屁的功！"敌军官很恼火，"下山！等县大队来了，我这点儿兵力，可就全报销了……"

敌人要撤退啦？延崇诚屏息谛听。从山顶到北坡汽艇停泊的岸边，十几分钟就到了。

"不能走、不能走啊，长官！"哈满江哀求，"我领着你们搜！他们还能插上翅膀飞啦？肯定就在这山上！"

敌人开始搜山了。

又是哈满江气焰嚣张的声音："快出来投降吧！你们能躲到哪里？躲到什么时候？！……"

三

延崇诚他们在山洞里，听着山上的喊叫和杂乱的脚步声，都非常紧张。延崇诚闭着眼睛眯了一会儿，脑子里翻江倒海，心里如塞着一团乱麻。

郘志永看不起皮立巍，在区中队人所共知。"走火"事件发生后，皮立巍曾找延崇诚谈过一次话。皮立巍开门见山，说他不想干这个副中队长了，让郘班长干吧。当时延崇诚很吃惊，问为什么？皮立巍非常惭愧地说："我觉得，郘班长比我优秀，尤其是军事技术方面……"

"这是你的真实想法？"延崇诚盯着皮立巍的眼睛。

"是。"皮立巍毫不犹豫地回答。

延崇诚说："用干部，不单看军事技术，要从各个方面考虑。"

"我觉得……他别的方面也……比我强……"皮立巍有些吞吞吐吐。

"你是不是，有什么别的想法？现在革命处于低潮，国民党反动派气焰嚣张，在这个时候……"延崇诚观察着皮立巍的反应，没有把话说下去。

"那倒不是。革命一定会成功的！"皮立巍急忙说，"我当然也一定要革命到底，决不会动摇的。"

"皮队长，那你就先不要想得太多，好好干，配合那队长，把区中队带好。"延崇诚说，"组织上用谁，不用谁，是有考虑的。你和那队长是县大队任命的，当然也征求过区里的意见，而且区里的意见也很重要。'走火'那事，你也不要有负担。好好干吧，啊？"

"我知道了，区长！"

延崇诚还专门找邴志永唠扯过。

延崇诚说："皮立巍想辞去副中队长职务，让你干。"

"哦？不不不，我可没那意思。"邴志永面红耳赤，急忙摆手。

延崇诚严肃地问："你是不是对皮立巍有什么看法？"

邴志永想摇头，脑袋转了半圈，却没有转回来："区长！那次'走火'，我总觉得没有那么简单。我和那队长说过。那队长好像也有同感。"

"那队长是说过皮立巍心理素质差，紧要关头出了岔子。你也这么认为？"

邴志永摇了半圈的脑袋又摇了回来，并且继续摇个不停："不是心理素质问题。不是。"

"那是什么？"

"这个……还真不好说。"邴志永咬了咬嘴唇，不再说下去。

四

二十多人隐藏在山洞里，时刻保持高度警惕。延崇诚观察每个人的表情，生怕谁弄出响动，惊动山洞里的"坐地户"——那些很容易受到惊吓的动物们。山洞里不仅有最先被他们惊吓得到处乱飞的元宝蝠，还有蜷伏的刺猬、贼头贼脑的老鼠和一些不知名的鸟儿。动物们都对他们这些不速之客充满敌意。大家屏息静气，呼吸都加着小心，生怕惊吓到它们。如果敌人通过蹿出山洞的鸟兽发现异常，怀疑他们藏在山洞里，只要封锁了洞口，他们就插翅难逃了。

冬季天短，五点左右天就黑了。延崇诚盘算着，天黑以后，就有办法了。

伊翎韵一直在他的身边。

"敌人不会发现这个山洞吧？"伊翎韵心里没底。

"暂时还没有。谁知道下一步他们会往哪里搜？"延崇诚说，"坚持住！坚持到天黑！"

"你有主意啦？"

延崇诚想了想，说："有。"

伊翎韵听出来，延崇诚并非底气十足。想想也是，打不能打，走不能走，能有什么主意？

伊翎韵没有多问。也许区长是在安慰她呢？这个无亲无故、表面乐观、心底悲伤的女孩儿，对延崇诚充满敬仰和信赖。

"如果我们队伍中，真有内奸，我们的处境该有多危险！"

"没有真凭实据，一切都只能是猜测。"

"但愿吧。但愿是我多虑了。"伊翎韵说着，兀自摇了摇头。

第十四章

从海蜇湾撤退

夜幕降临。敌人搜山无果，声音杂沓着远去。

延崇诚把二十几个人召集到一起，大家头碰头，围成两圈。

延崇诚分析说："现在的形势非常严峻，敌人决不会善罢甘休，尤其是反动分子哈满江！我的想法是，撤走一部分人。东坡下面是海蜇湾，我们的船就停在那儿……"

"往哪儿撤？"皮立巍神色紧张起来，"区长，要是被敌人察觉了，开着汽艇去追怎么办？"

邴志永也认为现在撤不是上策。这么多人行动，很难不弄出响动，敌人分布在山上的什么位置他们也不知道，盲目出山洞，是不是太冒险啦？

伊翎韵没有冲邴志永，而是冲皮立巍，压低了声音，怒道："皮队长你说怎么办？这么多人窝在山洞里，躲得了今天，躲得了明天后天吗？"

伊翎韵所说，正是延崇诚的担忧。他要大家安静，分析说："皮队长和邴班长的担心是有道理的。但权衡利弊，总躲肯定不行，说不定什么时候，敌人就会发现这个山洞。他们只要想拉网式搜查，肯定能发现。但是今晚不会。黑灯瞎火的，他们也怕。这就是我们的机会！……"

邢家发深以为然："区长说得对，错过了时机，就可能困死在这里。"

延崇诚继续说："现在敌人肯定也没有睡大觉！我们的船停在东坡的海蜇湾，敌人暂时还不知道；天黑，东坡陡，他们轻易不会到那里搜索。这都对我们有利。当然，有行动就可能有响动。一旦被敌人察觉，我们就开枪掩护，必要时放弃山洞……"

"区长！"邢家发问，"你的意思是，不都撤？……"

"非战斗人员撤，区中队的人留下，牵制敌人！"延崇诚果断道，"邢会长、伊主任、禹平、姜师傅、石大爷、蔡大姐、石嫂、小谷子……你们十几个人立即撤下去，乘船去海盘车岛……"

"不行！"邢家发急了，"要撤一起撤！"

"是啊！"石大爷也说，"趁敌人不注意，咱们神不知，鬼不觉……"

"不可能！一起撤，谁都别想撤了。"延崇诚目光炯炯，又看向皮立巍，"皮队长！你呢？走，还是留？……"

"我？……"皮立巍喉结滚动了一下，心乱如麻。他是战斗人员，当然应该留下。区长为什么明知故问？

邢会长、姜师傅、蔡大姐、石嫂、石大爷等人都莫名其妙地看着延崇诚。

"我是革命战士，我有枪，我当然得留下。"皮立巍说。

邢家发和石大爷还是坚持大家一起撤。

延崇诚焦急万分："一起撤肯定不行。如果敌人发觉我们不在岛上，就算我们的船已经开出去很远，汽艇也能很快追上，那时候我们就会非常被动。只要我们有人有枪在岛上，敌人就不会也不敢分兵，你们就能成功撤走。你们快走！如果被敌人发现，有我们在这里牵制他们！我们手里有枪，你们手无寸铁，留下来只能添乱。"

伊翎韵晃了晃手中的长枪："我得留下，我一个顶你们几个！"

邢家发鼓着腮帮子，咬住牙说："我也不走！我拿石头棍棒加镰刀，也能消灭他几个！"

石嫂倔强地说："我是村干部，我也不走！"

延崇诚说："石嫂。你必须得走！照顾石大爷的任务，就交给你了！"

蔡淑媛说："区长！我给大家惹了不少麻烦。这个时候，我得留下。不是缴获了一支枪吗？给我！"

延崇诚说："枪要留给会打枪的人！蔡大姐，你已经错过一次，不能再错了，执行命令！"

"我……留下吧。我是当兵的人。"牛年的口气不是那么坚决。

延崇诚说："小牛！你现在还不是革命战士，和我们不一样。你如果想好了，到了海盘车岛，你找曾区长和那队长说，他们经过考察，同意了，你就能成为一名革命战士。现在不行，懂吗？"

牛年似懂非懂。

"我也不走！"小谷子也像石嫂一样倔强。

"向前！你才十七岁，又没有枪，留下只能是累赘！"

"老师！"小谷子压抑着哭声，"我得跟你在一起！"

延崇诚流泪了。小谷子是他教过的学生，家境贫寒，是他替小谷子交了学费。带领他参加革命，是要他将来有所作为，而现在留在自己身边，注定是凶多吉少。

"向前，不听老师的话吗？！"延崇诚声色俱厉。

"延区长，我是交通员，也就是联络员，应该和区长在一起。"禹平没有直视延崇诚的眼睛，而是看着他的旁边。他想说"必须"，说出口的却是"应该"。嘴上说着，心里却在打鼓。家里已经筹备好了，要不是因为择日，前几天就成婚了。良辰吉日那么重要？赶来赶去，赶上了打仗，婚期在即，他和未婚妻却天各一方。想起未婚妻，禹平的心情就更加不能平静。那女孩儿，是他的小学同学，长得漂亮，性格也好，父母非常喜欢，说她"好事情儿"。在他们家乡，"好事情儿"是衡量一个人品行的唯一标准。说一个人各方面都好，就是"好事情儿"；说一个人撒谎吊猴，就说"没有好事情儿"。……此时此刻，也不知道未婚妻在哪里，在干什么，县委和县大队也不知撤到了何方，敌人占领了安河，不知道什

么时候能滚蛋。他更不放心的是未婚妻和家人的安危，他是
人民政府的工作人员，他不在，那些反动分子能放过他的家
人？总之，渺茫无助，心里无比失落和惆怅。撤离山洞，返
回海盘车岛是最后的机会，有延区长和中队战士们掩护，从
海蜇湾转移，风险不大，但他怎么好意思在这关键时刻离开？
回想起来，前天晚上，不对，扳着手指数一数，是大前天晚
上，他回到安河时发现敌军已经占领了那里，没有找到县委
和县大队，得知已经提前撤离，当时就慌了神。他如果不到
贝城岛报信，而是就地躲藏，就不能落到今天这步田地，但
那样一来，延区长他们就会按原定计划到安河，等于是自投
罗网。他连夜返回搭拉尾港，潮已经退了，但水深还够，县
政府三号杆的尖头交通船就停靠在土坝边，搭上桥板就能上
去。他小声喊醒船上的人，说要赶紧去贝城岛，有紧急任务。
船上只有一个船工在看船，揉着惺忪的眼睛，说船长和另一
个船员回家了。他焦急万分，问他们家住哪里？船工说了地
名，禹平听都没有听说过。问多远？远倒不远。两三里地吧。
禹平当即对船工说，我看船，你赶紧去找，快！……船工睡
意全无，打起精神，小跑着去找船长和另一个船工。待他们
三个一起返回搭拉尾，尖头船已经搁浅……这个过程，他没
有详细讲给延崇诚他们听。没有意义。如果当天晚上赶回贝
城，又能怎么样？会惊动得大家彻夜不眠，到处找人，鸡飞
狗跳，估计也还是要取道毛口，不行再改道尖山岛，再兵分
两路……一切都不会改变，只是把此行的行程提前了。如果

说有可能改变，就是他们赶到毛口时，敌人还没有占领那里，他们顺利登岸，踏上寻找县委和县大队的渺茫征程。这是最好的可能。至于能否找到县委和县大队，还很难说。还有一种可能，就是他们在毛口登陆之后，与打到那里的敌军遭遇，那样就更糟糕了……他在乘船从搭拉尾赶往贝城时，就已经做好了心理准备，再回安河遥遥无期，当时没有想太多，只是觉得必须完成给延区长他们传递情报的任务，头拱地也要完成，不然，贝城区将损失惨重，自己这个交通员严重失职。现在看，任务完成得没有瑕疵，自己的命运却被重新安排。

延崇诚神色异常严峻："禹平，你一定要撤出去，找机会向县委汇报这里发生的事情！"

"不！"禹平态度坚决，"区长不撤，我也不撤！"

说这话时，他感觉到自己双腿直哆嗦。

"你们这个不撤，那个不撤，难道是成心想破坏我的计划，是想让敌人把我们一锅端吗？"

都不动，仿佛没有听见。

"翎韵，你带头，走！你们都走！区中队的人留下掩护！"延崇诚厉声道，"你们耳朵聋了吗？！"

伊翎韵坚定地说："让他们走！"又转身对邢会长、蔡大姐和姜师傅等人说，"你们快点，服从命令！多耽搁一分钟，就多一分危险！"

延崇诚火了，冲伊翎韵说："你不走，他们怎么走？快走！我们这里会相机行事！"

伊翎韵想了想说："好吧，我执行命令。"

"你们到了海盘车岛，告诉曾区长和那队长，等待上级指示，千万不可盲目行动！"

石大爷说："跟我走！这里没有路，满哪都是刺棘子，大家小心！"

延崇诚说姜师傅："你就别抽烟了！"

姜师傅赶紧磕净烟袋里的火星。

"火柴留给我！"延崇诚朝姜师傅伸出手，接过火柴，又目光严厉、神色严峻地说，"到了海盘车岛，告诉曾区长他们，千万不能轻举妄动！占领安河和贝城的敌人，也许会攻打海盘车岛，让他们随时做好迎敌的准备！……"然后对大家一挥手，"出发！"

伊翎韵动作麻利地把枪背在肩上。这是他们十多人中唯一的武器。

邢家发看看手中的镰刀，刀刃又崩出了一些豁口。没有用了。他把镰刀挂到洞壁上伸出的一棵小树的根部。

石大爷和小秦在前面引路。一行人猫着腰，排成长队，向前面的洞口转移。

延崇诚叮嘱："东坡很陡，下去时一定要小心。"又对姜师傅说："尤其是你——姜师傅！"

"区长，当心啊！"仿佛生离死别，姜师傅呜咽了。

"快走！不要出声！"延崇诚轻轻推了姜师傅一把。

第十五章

为什么回来

一

剩下区中队的人，加上皮立巍、延崇诚，一共八个。仗还没怎么打，就有一个战士牺牲了。剩下的人，将面临更加严峻的考验。

班长邴志永等将转移的十几人护送至洞口，然后就地放哨。另一个战士守在上面像天窗一样的洞口。

延崇诚紧张得心都快跳出来了。外面有一点声响，他的神经就绷得更紧一些。他希望禹平、邢家发、伊翎韵、姜师傅、蔡大姐、石嫂、石大爷、小谷子、小秦等人，还有那个牛年，动作快些，再快些。从山洞到坡下的海蜇湾，山路崎岖，树拦藤阻，又黑灯瞎火，什么时候能到啊？

敌人又开始搜山，并抓来一些群众押着，还举着火把。延崇诚的心更是提到了嗓子眼儿。

突然听到敌人的喊叫声：“山下有人！他们要逃跑！”

不好！延崇诚看一眼皮立巍，又向邴志永示意，自己率先往山洞的高处奔跑，从上面的洞口钻出来，抬起手，朝火把摇动的方向开了一枪。

"乓！——"

枪声穿过松林，子弹击中了一块岩石。

"他们在这儿！"

"快！别让他们跑了！"

山林一阵响动。敌人被引过来了，火把随之被丢弃，漫山遍野是噼里扑噜的脚踏声和敌军官催赶士兵的叫骂声。

山洞暴露了。

"撤！"延崇诚朝紧随身后的皮立巍下令。

延崇诚边开枪吸引敌人，边高呼着从山的南侧朝西奔跑。战士们也紧随其后，从上面的洞口钻出。下面的洞口说不定已经被敌人的火力封锁了。

延崇诚朝身后看了一眼，朦胧夜色中，皮立巍也跟着跑了过来。最后是邴志永。

"快！跟上！"延崇诚冲皮立巍和邴志永喊。

二

敌人跟过来了。

火把不见了，到处是呜嗷声。敌军在给自己壮胆。

延崇诚牢牢记住，驳壳枪里总共只有十发子弹，还剩七发还是六发？打完了，枪就是废铁。

山上没有掩体，只有松树、柞树、栗蓬树，脚下是松果、橡壳、栗蓬壳和它们吐出的果实。

不能让敌人发现他们的准确位置，又要让敌人知道他们还在山上，就得不停地运动，并偶尔朝敌人追来的方向放一枪。

星光下，山坡上的景物影影绰绰，那些树干，像一个个站立的人，伸出的枝杈像举起的正在瞄准的枪。谁知道哪里藏着敌人？牵着敌人奔跑，又怕前面有敌人阻击，这一路跌跌撞撞，和敌人兜圈子，奔来跑去，一直转悠在村部后面的山坡上。

"小心滑倒！"延崇诚提醒道。

他们降低了行走的高度，路过一片平缓的坡地，树木稀少，却有人脚下打滑，摔了跟头，吓了大家一跳！前面就是坟地！他们进入了死人的聚居区。民间有"打灾"的说法，死人受到惊吓，给活人找点麻烦。

一个人滑倒了，还没有站起来，又滑倒了一个，都摔得四仰八叉。

真是被死人"打灾"啦？

原来脚下是一地的子弹壳，还有黏糊糊的血迹！

子弹壳被踩踏得滚动着，碰到一起时发出轻微的金属撞击声，瞬间就被泥土吸收了。

延崇诚判断，这里是白天敌人架设机枪的地方。目光向左偏去，果然发现一些树枝零乱地斜挂在树林间，有的树干被子弹穿出白森森的碴口，像夜的眼睛。

小心躲过铺满地面的弹壳，就进入坟地了。一座座坟包像海面的波峰浪谷一样起伏。坟地下方五六十米处就是一栋栋民居，像一条腰带捆绑在山坡上。这里是南屯。坟地是南屯人家的祖坟吧。他们上午登山时路过这一带。坟地周围的松树、柞树、栗蓬树，都撑开巨大的树冠，黑漆漆地站成屏障。若在平时，延崇诚夜间走坟地会害怕，这会儿高度紧张，顾不上害怕了。他打头，邴志永殿后，一行人猫着腰从一片坟包中穿过，向下移动。

把敌人引开，让惠安海的船带着十多人脱离险境，是当下唯一目的。下一步，只能相机行事。

一户人家的后窗突然打开。延崇诚猝不及防，吓了一跳！只见一个渔民汉子从后窗跳出来，朝延崇诚他们招手。

"上我家，我家有地窖子！"

"不，不能连累你们！"

"到这时候了还分什么'你们''我们'，你们又是为了谁？"

"我们人多，地窖子藏不下。"延崇诚想了一想，"附近有没有闲置的房子？"

"什么？"

"就是没有人住，暂时不用的房子。"

"有。"

那个渔民回身关上自家的后窗，领着延崇诚等人从房后土坎下的排水沟向西移动。

越过几栋房子，眼前出现一栋后窗窄小低矮的孤屋。渔民抬脚踢开窗户，让延崇诚他们进去。

"谢谢你，老乡！"

"从前门出去，过两排房子，就到海边了……"渔民说。

"好。你快回去吧。"

延崇诚提枪断后。大家一个跟着一个，从那扇被踢开的后窗跳了进去。

屋子里果然没人。

三

几排房子之间，有人跑来跑去，吆喝连天。敌人在随机搜查某户，吓得大人哭小孩儿叫。

延崇诚一阵阵心如刀割。

他们所在的是两间用海带草苫的海草房，矮，伸手就能够到屋笆。屋顶漏了，透出星光。窗小，纸破，呼呼透风。间量也小，他们挤在一间屋里，都转不开身。地面坑洼不平，锅底坑长草，屋子里充斥着陈年海草的味道。这样的房子，在尖山岛已经很少了。盖不起苇子房的人家，也要盖上苫房草苫的房子。海草房厚实，从外面看披头散发，边缘不整，极不美观。海带草呷饱了雨水，一半时不干，压檩子，容易塌腰。这座房子的房脊也塌陷了，檩条弯曲，看来是年久失修。

长时间没有烟火气的房子，很容易衰败。

房子前面有低矮的院墙，再往前低下去是前排房子，从延崇诚他们所在房子的窗户，能看见那排房子黑森森的屋脊。

有风吱楼转动的声音，嘎啦嘎啦嘎啦嘎啦……那是从村部院子里传来的。延崇诚判断，这座房子所处的位置，在村部的东北方向，距村部那座瓦房五六十米。

敌人在哪里奔跑，在哪里吆喝？

延崇诚他们绷紧了神经，屏息静气，一个个把枪柄握出了冷汗。困在草房里，天亮以后怎么办？

半夜时分，屋后土坎上传来急切的脚步声。

谁？不像是敌人。

"区长！……"

是邢家发的声音。

"你们？……"透过洞开的后窗，延崇诚愣住了。

伊翎韵、邢家发、小谷子三个人，已经轻轻地迈下土坎，并排站在排水沟里，距延崇诚只有一墙之隔。

"快！快进来！……"延崇诚急忙伸手接应。

伊翎韵把长枪递给延崇诚，双手扶住窗台，一纵身，翻了进来。小谷子随后，邢家发最后进屋。

"你们怎么回来啦？他们呢？……"延崇诚非常惊愕。

伊翎韵说，有几个敌人追过去了，我朝他们开了一枪，就往回跑，把他们引开了……

"你俩呢？为什么不上船？"延崇诚又问老邢和小谷子。

邢家发说："伊主任一个女同志，引开敌人太危险了……"

"谷向前是怎么回事？"延崇诚看看邢家发，又转头看向小谷子，语气异常严厉，"你跟着凑什么热闹？"

"老师！我是通信员，你在哪里，我就在哪里！……"小谷子泪眼汪汪。

"你们，为什么让他回来！"延崇诚冲邢家发和伊翎韵发火。

"老师！是我，不该伊大姐和邢会长的事。他们也不让我回来，但腿长在我身上……"

"你还有脸说！"延崇诚气得呼哧喘着，"知道你这么不听话，我就……"

皮立巍说："区长！他们已经回来了，发火也没有用，算了。"

延崇诚看一眼皮立巍，又看看邢家发和伊翎韵，继续压低声音批评小谷子："叫你撤走，你不听命令！你说！你还像个革命战士吗？……"

小谷子脸色煞白，一声不吭，委屈的泪水流了满脸。

大家屏住呼吸，面面相觑，都不知道大敌当前，区长为什么要冲小谷子发这么大的火。

回来就是送死！这是延崇诚最现实的判断。小谷子给他当通信员时，虽然形势并不明朗，但不像现在这样险恶。对于彻底的革命者而言，艰难困苦都不可怕，杀头也没什么了不起，关键是小谷子不该和他们同归于尽。

为什么回来

他们是师生，却亲如兄弟。

小谷子刚到区里上班时，不懂四五六，也弄了顶没有纽扣的军帽戴上。脑袋小，帽子有些旷，一刮大风就刮跑了，害得他奔跑着追撵。区中队的那些人看了都哈哈大笑。伊翎韵就用针线把那顶军帽改小了些，小谷子戴上正好。

没过几天，小谷子就跟延崇诚提出要枪。

延崇诚说："你一个通信员，要枪干什么？"

他说："我给区长当通信员，也当警卫员，得有枪。"

延崇诚说："我不用警卫员啊！"又安慰他说："你好好干，别这山望着那山高；你没看，连你伊大姐都没有枪，区中队的人才有枪呢。"

小谷子说："那我去区中队。"

延崇诚逗他："你不当通信员啦？"

小谷子想了想，说："还是当通信员吧。"有点儿心不甘、情不愿的样子。

小谷子心眼多。有一天没头没脑地说了一句："区长！他们不听你的？"

"别瞎说！谁不听我的？什么事不听我的？"

"他们，那个……"

"有不同意见是正常的，我说得也不一定都对，是不是？没有谁能一贯正确，要集思广益，知道吗？"

"集……"小谷子摇头。

"就是集中大家的智慧，广泛吸收有益的意见，这样才能做出正确的决策。当然了，需要我当机立断的时候，我也决不含糊。我们是革命队伍，没有谁会无理取闹的。"

"我就是，就是……"小谷子听见过区长和曾副区长的争论，区中队那队长也曾为什么事与延崇诚有过分歧，就连邢会长，也有一次和延崇诚意见相左。小谷子替区长感到委屈。

"向前！你还是太单纯了，或者说是头脑太简单了。真理越辩越明，没有争论，一团和气，往往错了都不知道错在哪里，是不是？"

那天在海边洗鱼，小谷子之所以扑倒在礁石上把手掌割破了，精神溜号，牵挂母亲是重要原因。延崇诚见过小谷子苦命的母亲，说起来也是一言难尽。小谷子的父亲出海打鱼时遭遇大风，船毁人亡。小谷子如果出事，他的母亲可怎么活？

照目前的局势，自己是见不到母亲了，他多么希望小谷子能够活下来，能够见到他所牵挂，也每时每刻都在牵挂着他的母亲啊！

"你们哪……"延崇诚发了一通火，气顺了一些，这才想起还有最关心的问题没问。

"船呢？他们走了没有？"

"船已经出发了，"伊翎韵说，"我开枪拖住了敌人，其他人立即上船。现在怕是已经走了不止半道了。"

邢家发补充，根据风向和风力，天亮以前肯定能到！说不定啊，现在已经到了。

"禹平，也上船啦？"

"是。看样子，他也是想回来的，但是船已经……已经……"邢家发不知道应该怎样形容当时的场景。

听说船已经平安出发，禹平也在船上，延崇诚这才放下心来。

他又问："你们是怎么找到这里的？"

伊翎韵和邢家发对看一眼。伊翎韵说："我们离开时，山洞那边传来枪声，估计你们一定是转移了。我们向这边来时，拖着'尾巴'，好不容易甩掉了。从坟包那儿经过时，发现这座房子有些破败，不像有人住，就过来试试……"

邢家发高兴地说："没想到，你们还真在这里。"

他说着，两个腮帮子又向上提了起来。

四

邢家发紧咬腮帮子的习惯，延崇诚第一次见他就发现了。

腮帮子咬紧了，面部的肌肉就向上提，嘴巴两侧凹进去，牙床和下颌骨的轮廓格外清晰。这是一个性格刚毅、不肯服输的汉子。延崇诚当时就做出了这样的判断。

春播时，延崇诚下乡，到了邢家发住的邢屯。那屯子位于海边，有一大片坡地，当时正赶上各家各户都在忙着种地，一派人欢马跃的热闹景象。邢家发就在一户的农田里，一手扶犁柄，一手扬鞭子，催赶着两头牛拉的犁杖，翻开冒着泥香的田垄，口里"喔喔"地喊着，给两头牛下达前进的命令。犁杖摇晃着蹚开松软的泥土，一路向前犁去。

延崇诚看得饶有兴趣。

贝城岛半渔半农，农业的比重更大一些。延崇诚的家乡沙堆子也有田地，但延崇诚家没有，也没有种过地，倒是看过种地的情景，犁地，撒种，出苗，过些天就是一地的庄稼由黄到绿，长成茂盛的青纱帐。像这样仔细观察犁地，还是头一次。

"邢会长！"小谷子朝邢家发喊。

邢家发眼睛的余光早已看见延区长站在地垄上，但犁了半道，不好停，犁到地头才收住缰绳，喝止了牛，回头冲延崇诚笑："区长，来啦？"

延崇诚笑着走过去，说："你这犁杖扶的，一条直线啊！"

说话时，犁杖犁开的地垄，已经由后面的妇女撒上了种子，有人接着滤上了粪，待犁杖回头时，翻过泥土将种子和粪掩埋。

播种几垄之后，再"打磕子"——将蓬松的地垄压平压实。这是非常古老的耕种方式。

邢家发嘿嘿地笑，说这个活儿，干了有年头了。

身后负责捻种的妇女接过话头，说老邢不光是种地行，赶大车、使唤船，样样都行。

延崇诚以为那妇女是邢会长的老婆，但哪有老婆这么夸自己男人的？眼睛里就有了问号。

邢家发解释说："这是我们屯子里的一户军属——她儿子参军了。她家分了地，没牲口，种不了。"

"你是帮忙？"延崇诚对邢家发又多了几分敬重。

那天，延崇诚也没闲着，夺过一个男人手里的粪筐（那男人应该是妇女的丈夫），学着滤粪。粪筐和粪䇭搭配着使用，提起粪筐的半圆形筐柄，筐面就自动倾斜了，聚在筐里的碎粪急于向下滚动。延崇诚在那个男人的指点下，边抖动筐柄边小步紧迈，细碎的粪渣便像房檐的雨幕一样，大体均匀地撒到垄沟里。

这真是个力气活儿。延崇诚滤了一垄，就累得气喘吁吁。

男人说："区长，你歇着，我来吧。"

延崇诚说："我小的时候，很多活儿都干过，还就没干过种地的活儿，再滤几垄吧。"

小谷子上前要试。延崇诚说："这个活儿，你真就干不了。"

小谷子说："老师！你说错了，犁杖我都扶过。"

"是吗？"延崇诚对小谷子刮目相看了。

小谷子从邢会长手里一手接过鞭子，一手接过犁柄，"呦呦喔喔"地吆喝起来。两头牛开始不听吆喝，小谷子鞭子一扬，"啪！——"空气中爆响一声，两头牛脖子一低，肩膀耸起，犁辕子（夹板）一紧，犁杖就豁开田垄，向前移动了。

"还真带架儿！"邢家发也忍不住夸奖起来。

借这机会，延崇诚和邢家发交谈起关于贫雇农分得土地后的耕种情况，简而言之就是有的人家分了地后，自家没有能力耕种。这是个问题。作为农会会长,邢家发有责任帮助他们耕种,但帮得了三两户,帮不了太多户。

"可以插伙儿,几家联合起来,有人出人,有牲口出牲口,有农具出农具,互帮互助。"延崇诚说,"老解放区早就这么干了。"

邢家发说:"我也这么想过,就怕劳力多、有牲口的人家不愿意。"

"也是。土地改革还要深入开展,会遇到更多问题,我们得多做工作啊。"

邢家发精通农业谚语、海上谚语,熟透二十四节气与庄稼活计的对应关系,经验相当丰富。在对敌斗争中也很讲政策,不像有些渔民农民从朴素的感情出发,蛮干,对态度不好的地主恶霸棍棒伺候。他要求大家在批斗地主恶霸时有理讲理,不要动手。

邢家发有父母妻儿,拖家带口,干革命不容易。虽然出发之前,他已将家人送到邻屯的亲戚家安顿,谁能保证敌人占领贝城后,不搜查到他们,并疯狂报复呢?

邢家发的腮帮子一咬紧,延崇诚就知道,他又在想心事了。

第 十 六 章

刻不容缓

一

在邢家发、伊翎韵、小谷子费尽周折与延崇诚他们在尖山岛南屯一座废弃民房会合时，惠安海驾驶的区政府交通船已乘着夜色和西风，顺利抵达海盘车岛，被在海边警戒的战士发现。

睡梦中的副区长曾达成被叫醒。得知尖山岛发生了意外，曾达成急得在地上直跺脚。事不宜迟。他立即和中队长那光涛合计，决定全体集合，立即乘船出发，前往尖山岛解围。

他们在海盘车岛刚休整了一天。晕船严重的人守在村部，其他人分成几组到各屯走访，召开座谈会。海盘车岛面积较大，有一部分土地，是渔业比重大于农业比重、以渔业为主要产业的海岛，土地改革很有必要。如果没有特殊情况，曾达成他们将在此开展巩固政权、清算地主渔霸的斗争，摸清土地资源底数和分布，为下一步土地改革打下基础。现在，敌情就是命令，杀回尖山岛刻不容缓。

在哨兵跑步回村里报告情况的时候，姜师傅、石大爷、蔡大姐、石嫂等人陆续下船。船头贴在沙滩上，桥板从铁锚的旁边斜着搭下来。禹平搀扶着他们，一个一个磨蹭着走下桥板，踩上沙滩。

"你不下吗？"石大爷回身问禹平。

"你们先走吧。我再等一会儿。"禹平朝他们挥了挥手。

石大爷年轻时出海打鱼，小船多次到海盘车岛避风，对这里的地形非常熟悉，就借助星光，领着一帮人，摸索着往村里走去。

因地处深水老洋之中，半夜时分的海盘车岛，比尖山岛还冷。一整天没吃东西了，饥饿比寒冷更折磨人，此起彼伏的狗叫声也令人毛骨悚然。

姜师傅要抽烟驱寒，哆哆嗦嗦地从烟荷包里挖出一锅烟，刚点着，迎面就急匆匆地走来几个人，为首的是副区长曾达成。

"曾区长！……"蔡大姐见是曾达成，百感交集，鼻子一酸，声音哽咽了。

曾达成看蔡淑媛一眼，愣住："你怎么在这儿？"

"她是叫敌人给抓到尖山岛的。"姜师傅说。

曾达成也没有再问什么，边往前走边说："我们现在要去尖山岛，全体出发，你们留在这里，还得分出一部分战士保护你们。"

"那，我们也回去吧。"蔡淑媛说。

姜师傅听说要杀回尖山岛，看了看石大爷。

曾达成继续对跟在身后的人说："你们坐县政府船，三号杆的，晚点儿到。"

这时候，那光涛队长率领区中队的二十多人，跑步追了上来。

曾达成下令："区中队全体坐区政府的船，先出发！快！……"

石大爷说："曾区长！延区长有话——等待上级指示，不能轻举妄动！"

姜师傅急忙取下嘴里含着的烟袋："延区长是这么说的。"

曾达成说："等待上级指示！现在这么个情况，天高水远，上级有指示，我们也收不到。不能等，马上出发！"

那光涛停下脚步："老曾！这样是不是有些草率？得想出万全之策，才能行动！"

"等想好了，就成了黄瓜菜——凉了！先上船，边跑边想！"曾达成说着，大步流星向岸头奔去。

那光涛迟疑片刻，也急忙跟了上去。

二十多个全副武装的战士，很快在区政府船头前面的沙滩上集结。

惠安海船长有些蒙。但他很快明白了，这是要回援尖山岛。他和两个船工从早晨听到敌人汽艇的声音就驾船到尖山岛东边的海蜇湾躲避，到夜里载着闲杂人员撤到海盘车岛，这一整天提心吊胆。白天，从海边看不到山顶的情况，但山上不时响起的枪声揪着他们的心。枪声响响停停，他们的心也一阵一阵地揪，一阵一阵地紧。好不容易挨到天黑，听见山坡上有杂沓的脚步声，恍恍惚惚有人影下来。不用说，是自己人。惠安海让船工搭起桥板，但礁石不平，桥板搭不稳。这时候，有枪声追了过来。听到枪声，下山的人有几个又反身向上爬，并开枪向敌人还击。石大爷、姜师傅等人来到船边，在禹平和船工的帮助下登上了船……

"区长呢？"惠安海问。

"他不走！"姜师傅说。

惠安海心知肚明，延区长他们留在尖山岛，注定是凶多吉少。

此时，见副区长曾达成他们急急地赶来，立即明白了，赶紧叫两个船工备航。长篙在手，只等人马上齐就开航。

二

禹平还在船上。他和邢会长、伊主任、姜师傅、小谷子、石大爷、蔡大姐、石嫂等一起撤出山洞，下山时跟头流星，跌跌撞撞，惊动了崖壁上的宿鸟，被敌人发觉。随着敌人的喊叫，山洞的方向传来枪声，追兵分出一些朝山洞方向追去，他就知道延区长他们面临着巨大危险。

海蜇湾没有石坝，高高昂起的船头抵着礁石，因为礁石的奇形怪状，桥板搭了几次都没成功。先从山崖下来的几个人已经到了船头下方，却没有人能上去船，船工费力地拖，也上不去。禹平就从下面往上戳。也不顾男女了，抱着腿，肩膀扛着，船上拽，船下戳，两下发力，石嫂上去了，蔡大姐上去了，石大爷、姜师傅、小秦、牛年……一个个依次上船。禹平的鞋窠里灌了水，每迈一步都呱唧呱唧，冰凉的海水浸蚀着双脚，刺骨钻心。

禹平戳完了几个人，发现伊翎韵没上船，而是转身往高处去，惠安海喊她也没回音。这时候沙滩上还有邢家发。他见伊翎韵不上船，就转身追着伊翎韵，往高处走。禹平看着伊翎韵和邢家发先后转身，不知道发生了什么，正纳闷，他的手被船上的人给薅住了，他也配合了一下，身子一轻，就攀上了船头，屁股还被铁锚的锚齿硌了一下。他回身拽小谷子。已经把小谷子的手薅住了，要往船上拖，小谷子却向后偎，挣脱了，一个趔趄儿跌坐到礁石上，又慌忙爬起来，转身朝沙滩上跑去。

禹平蒙了，心猛地一沉，手和腿都不由自主地颤抖。如果当时就跳下船，还来得及，鞋已经湿了，无非再湿了衣服。但一犹豫，两个船工蹬起挽篙，船离岸了。

惠安海本来还想等等，但眼看山上有一部分敌人正向山下运动，快追到岸边了，伊翎韵和邢家发、小谷子是铁了心，不打算上船了。惠安海当机立断，下令出发。

这个时候，禹平想下船，也下不去了。

伊翎韵开枪掩护，引开敌人，船工在将船蹬离礁石后，又放下挽篙，急忙升帆……在夜幕的掩护下，帆船平稳地行进，禹平的内心却在煎熬。连小谷子都那么勇敢，最后时刻不肯上船，自己怎么就成了胆小鬼？区长让他找机会向县委汇报情况，是找个理由让他离开。尖山岛发生的事情，姜师傅、蔡大姐、石大爷，哪个不清楚？

他又想，伊翎韵、邢家发、小谷子不肯离开尖山岛，一定是回去设法寻找延区长他们。如果他们找到了延区长，延区长发现我没回去，会怎么想？

船到海盘车岛，他不下船。望着海面翻腾的渔火，听着岸边冲撞的潮声，他心情沉重得像压上了一堆石头。

"你怎么不下去？"船长惠安海不解地问。"船上没有多余的铺位，再说，船上的条件也差，这都后半夜了，你不到村里歇歇？"

禹平说："今晚恐怕是歇不成了。"

"怎么说？"

"曾区长得知情况后，一定不会坐视不管。"

果然，在一阵紧似一阵的狗吠之后，曾达成副区长和区中队的人很快在滩头集结，乘坐区政府船赶到海盘车岛的这些人，又将返回，不过是换一艘船。

禹平就不用换船了。

三

副区长曾达成上了区政府的船后，才发现坐在船尾的禹平。

"你上那条船吧。区中队的人上这条船。"曾达成一面指挥大家快上船，一面对禹平说。

"不！"禹平羞愧难当，曾区长这是把他另类看待了。他说，"曾区长，抓紧时间，赶快出发吧。"

牛年也跟到了区政府的船边。这是他来海盘车岛时坐的船，他认识。他想找管事的干部请求参加区中队，但看这架势，只能以后再说了。他想上船，但区中队的人他一个也不认识，船上的人也不让他上。这时候姜师傅喊他。他就回过头，跟着姜师傅他们，上了那艘尖头船。

区政府船上，大家还没坐稳，曾达成还没有发令，惠安海就向船工下达了"蹬篙"的指令。两个船工早有准备，听到指令立即将挽篙插入水中，哈下腰奋力撑起，船身笨拙地离岸，转头，然后升起帆篷。动作连贯得一气呵成。

老曾和老那商量，直接到尖山岛北坡，缴获汽艇，截断敌人的退路，顺势攻山。

那光涛说，还得摸清岛上的情况，知道延区长他们在哪里，才好解救。

曾达成问禹平："估计延区长他们，能在岛上的什么地方？"

禹平说："我们撤离时，延区长他们还躲在山洞里，恐怕早就离开了。为了掩护我们撤退，延区长他们开了枪，那个山洞肯定是暴露了。"

曾达成想了想说："先过去，观察一下岛上的情况，再做打算。"

第十七章

急转直下

一

尖山岛。

敌人搜了几户，没有搜到延崇诚他们，就把南屯死死围住。

"我们就这么困着？"伊翎韵仿佛自言自语。

"敌人不敢轻举妄动，我们也不能。突围是不现实的。即使冲出了这座房子，又能去哪里？反而把自己暴露给了敌人。"延崇诚说。

邴志永脸上的伤口不木胀了，火辣辣地疼。他抱着从牛年手里缴获的长枪，微眯眼睛，仔细分辨外面有无异常的声音。

皮立巍坐在炕沿下，一动不动。

天快亮的时候，敌人发动新一轮进攻，包围圈缩小了，目标直指延崇诚他们所在的这座房子。

"姓延的，快出来投降吧！"哈满江得意扬扬地狂叫。

敌人是怎么锁定目标的？

伊翎韵怒视着皮立巍："皮队长！是不是有谁给敌人发什么信号啦？"

皮立巍怒睁双眼："你什么意思，伊翎韵？你把话说得再明白点儿！"

"我说得还不够明白吗？"

延崇诚喝住伊翎韵："这都什么时候了，你还挑事？都打起精神，共同对敌！皮队长，你也精神点儿！"

皮立巍气得直翻白眼，浑身发抖。

延崇诚看看伊翎韵，又看看皮立巍。

如果皮立巍真是内鬼，也到了该露出马脚的时候了吧？

这支队伍的骨干人员中，副区长曾达成、中队长那光涛和妇女主任伊翎韵三人是从山东过来的，都是挺进东北先遣支队成员；农会会长邢家发苦大仇深，反奸清算一马当先，又是"海岛通"。倒是这个皮立巍，县委在半年前安排他来贝城区工作时没有详细介绍，只说是个热血青年，写过请战书的。此人各方面表现也非常积极，工作主动，和大家的关系也处得很好，曾达成对他评价不错。一个月前那次"走火"事件，在区中队和区政府引起轩然大波。人们有理由发出这样的疑问：秃拐策反，皮立巍是不是已经答应了，因为看到小谷子等人靠近，害怕露馅，才开枪杀人？

事后，延崇诚问曾达成："这事你怎么看？"曾达成说："对狗特务，有什么好说的？换了我，一气之下也会一枪崩了他！何况是因为紧张，枪'走火'了！"

延崇诚左思右想，不得要领，只能存疑。他对耿耿于怀的那光涛说："那队长！这事就过去了。要对战士们加强教育和训练，'走火'不是小事，再也不能发生了。"

皮立巍做了深刻检讨："都怪我太紧张了，枪响了我也吓了一跳。区长，我接受组织上的处罚。"

延崇诚说："打死国民党特务，说明你阶级立场坚定！以后当心啊。"

皮立巍感动得眼睛湿润："谢谢区长的信任和鞭策！我一定加倍努力，决不辜负领导的希望！"

二

枪声四起。敌人埋伏在前面的土坎下和房顶上。密集的子弹从窗户射进来，钻进墙壁，墙皮纷纷掉落。

"赶紧趴下！"延崇诚说着，朝子弹射来的方向开了一枪，然后蹲到炕沿下。

一颗子弹从延崇诚头顶飞过。

这两间屋子，一屋有炕，一屋有锅台。炕只有二尺多高，人趴在炕前，勾着脖子弯下腰，脑袋才能不露出炕面。敌人的子弹从窗口射入，越过炕面，平射到对面的墙上。如果脑袋高出炕面，很容易被子弹击中。敌人还朝这边扔过来一颗手榴弹，没扔准，撞到窗边的墙上，反弹回去，在排水沟那儿爆炸，崩着了埋伏在房顶上和排水沟下的敌军，他们便不敢再扔手榴弹了。

伊翎韵质问皮立巍时，埋伏在外屋锅台下的邢家发听见了。他从那边磨蹭过来，斜瞅着皮立巍，对延崇诚说："刚才，在海蜇湾海边，惠船长告诉我，我们刚来的那天晚上，有人在西屯的一处房角和哈满江密谈，从停船的地方，恰好能看见……"

"邢会长，你看我干什么？你怀疑我？"皮立巍神色慌乱。

"我怀疑，有的人心里有鬼！"

"我……"

"皮立巍，你急什么？你慌什么？"延崇诚目光如炬，盯视着皮立巍。

"我……没慌啊！"

"是你告诉哈满江，敌人占领了安河，有可能占领贝城？"延崇诚进一步追问。

"区长，没有啊！这怎么可能？！……"皮立巍大惊失色，"你怀疑我？你们都怀疑我？"

延崇诚继续逼视着皮立巍。

邢家发、伊翎韵、邝志永、小谷子……都向皮立巍投去愤怒的目光。

皮立巍仿佛遭遇晴天霹雳，面如死灰。

屋子里一时安静得令人恐惧。

"皮队长！皮队长！你在哪儿？……"

哈满江嗓子眼里发出的声音从房屋前面的土坎下传来。声音小得像蚊子叫，但屋子里的每个人都听见了。

皮立巍浑身一震，大骂一声，转身举枪，朝声音的方向扣动了扳机。

"乒！——"

哈满江的声音消失了。

"皮立巍，为什么？你说！"延崇诚双眼冒火，威严地吼道。

"区长！……"皮立巍绝望了。

"你和哈满江是什么关系，他为什么要喊你，你能给一个合理的解释吗？"延崇诚逼视着皮立巍。

"我、我，我解释什么？！"皮立巍忽地站起，怒目圆睁，"我皮立巍不是孬种！……"

"你干什么？！快趴下！"延崇诚急吼。

"我有错，但我对革命从无二心！"皮立巍吼着，举起枪。枪管在空中划出短促的弧形。

伊翎韵侧身扑向延崇诚，同时单手举枪。步枪太沉，没有举起来，枪尖落到地面，刺锥扎到皮立巍脚下的地上。

在皮立巍举枪时，延崇诚下意识地躲闪了一下。但当看见皮立巍胳膊弯曲，手臂向上，枪口对准了他自己的头部时，延崇诚大喝一声："放下枪！"

但是晚了一步。

"乒！——"

皮立巍的枪口对准了自己的太阳穴，还没有来得及扣动扳机，一颗子弹从窗口进来，射入皮立巍的胸口。

屋子里的人全都愣住。

皮立巍还有呼吸，身体斜倚到炕帮上，缓缓下滑，拿枪的手垂了下来，驳壳枪"叭"的一声，掉到地上。

"小皮！皮立巍！"延崇诚摇晃着皮立巍松弛下来的身体，发现他脖子软软的，胸口噗噗冒血。

"区长，请相信我……我不是……邴班长可以作证……"

"皮队长，你！……"邢家发也扑了上去，扳过皮立巍的头，"都怪我！都怪我！……"

"邢会长……我对你说的，都是真的……"皮立巍艰难地，断断续续地说。

"小皮！皮队长！"延崇诚继续摇晃着皮立巍，"有什么误会解不开？你为什么要这样？"

"这样好……还省了一颗子弹……留着打……敌人……"

"皮立巍！……"

"我知道，你们早就……怀疑我……那个……连长，是……是……我哥……"

"什么？"延崇诚大吃一惊。

"他……我哥，不是坏人……"皮立巍最后吐出这几个字。

三

皮立巍的话，震惊了除邢家发之外的所有人。

只有邢家发没有过于吃惊。

邢家发呆坐在地，腮帮子咬出了声音，那是牙齿错动，发出来的。

"老邢！"延崇诚怒视着邢家发，"你说！——怎么回事？"

邢家发仿佛死了一次，又活了过来："我也不知道，这是怎么啦？我的脑子像糨糊一样……"

"他跟你说过什么？你说都怪你，又是因为什么？"

"区长！……"性格爽快的邢家发从来没有像现在这样吞吞吐吐，"是这样——'走火'事件发生后，皮队长知道大家都怀疑他，非常痛苦，有一次问我，是不是也怀疑他。我说没有啊，谁能保证不失手。他说心里憋得难受。我说，有什么话跟区长说说，别闷在心里。他说不敢说，说了恐怕要出大事。我问他到底什么事。他说，来区中队找他的那个秃拐，不是他表哥，是国民党特务，以前在'中统'干过。我说这个大家都知道啊。他说，关键是，秃拐知道我哥的情况，说我哥在国民党那边当了连长。我当时吓了一大跳！我只知道我哥当兵打日本鬼子去了，到哪里当兵，当的什么兵，根本就不知道。我觉得秃拐是在骗我。可是他说得有鼻子有眼，不仅说出了我哥的名字，连长相和说话的口音都说得一清二楚。我问他，你跟我说这些干什么？他说要我帮他们做事，把区中队拉过去。我一听就火了，痛斥了他一顿。这时候小谷子他们从西边走过来了，我很害怕。秃拐见策反我没有成功，就要走。我不能放他走啊，可是他威胁我，说如果不放他，他肯定被俘虏，那样的话，他就要说出我哥当国民党军官的事，还要说我同意帮他们做事。我眼看小谷子他们越来越近了，一急之下，开了枪……"

延崇诚听了，目瞪口呆。

"皮立巍说到这里，眼睛红了，悔恨，痛苦，我看了心里不忍。我说，你跟区长说说，没有什么大不了的。他说，我不该一时冲动，打死了秃拐。人正不怕影子斜，我本来能够说清楚，打死了秃拐，反而说不清楚了……我真是……"

邢家发也说不下去了。

"也算是杀人灭口，不过情有可原。"邝志永沉思着说。

延崇诚斥责："老邢，你是一个老同志了，为什么没向我汇报？"

"他不让说。"邢家发辩解，"我叫他主动跟你说，他说等有机会再说吧。我知道他是推托。他有顾虑，不敢说，怕承担欺骗组织的罪名。我如果汇报了，不成告密了吗？当然，我也在观察他。如果他确实被策反了，叛变了，我肯定……"

延崇诚问："惠船长跟你说，那天晚上和哈满江密谈的人，到底是谁？不是他吧？"

"没、没影的事儿。我是诈他的，想看看他的反应。"邢家发说，"大家都怀疑他，疑点一串一串的。你看哈，在毛口，他坚持抢滩登岸吧？我们刚来那天晚上，他是出去了吧？在山上，是他把石头弄滚了吧？刚才哈满江还喊他……"

"哈满江喊他，是在你'诈'他之后！"延崇诚铁青着脸纠正，"你一向老实本分，没想到还会'诈'！他那么信任你，把心里话都跟你说了，你却'诈'他！你可真行！……"

"我也没想到，他这么不扛'诈'……"邢家发彻底蒙了，"说句不好听的，眼看着生死未卜，咱们一脚已经踏进了鬼门关，有今天没明天的，死之前，不弄清楚是谁出卖了我们，死不瞑目啊！……"

"现在，弄清楚了吗？这就是我们想要的结果吗？"

"我对不起他……"邢家发又扑到皮立巍身上，呜呜呜呜，号啕大哭。

"也怪我！"延崇诚后悔莫及，"老邢你这一'诈'，他急了，我就误判了，那样逼他……是我逼死了他……"

"哈满江为什么要喊他？"邴志永仍有疑惑，"说他们不是一伙的，谁信啊？"

延崇诚想起了什么，问："邴班长！皮立巍说你能做证，这是怎么回事？"

"我能证明什么？他的事，我怎么会知道？"邴志永一头雾水。

"那天晚上，就是我们刚到尖山岛的那天晚上，大家吃完饭，都留在村里，我说了几个事。那会儿你上哪里啦？"

"区长，你怀疑我？"邴志永急得瞪大了眼睛。

"你是和皮立巍一前一后回来的。他先回来。我当时就对他有所怀疑……然后你就回来了。你们是去西屯了。哈满江就住在西屯。你说说，你们上那里干什么？"

"那天晚上，"邴志永松了口气，"是皮队长先出去的。我怀疑他……这么说吧，从'走火'事件之后，我就觉得他有疑点，经常是神不守舍。那天晚上大家都吃得非常开心，但也闹了点儿不愉快，我有责任，偏偏计较什么'队长''队副'，叫他下不来台。他离开后，我就跟了出去，想看看他干什么。他当时神色很不安，问我，你听没听见什么声音？我说没有啊，你听见什么啦？他说好像有人在听墙根儿！我笑着挖苦他，听墙根儿，你也能'听见'？我当时感觉，他好像是在掩饰什么。他说，你别笑，我感觉到了，有脚从坡上往下跐的声音……"

邴志永说这话时，外面枪声又响了起来。

"你太啰唆了，"邢家发急了，"他到底干了什么？"

"皮队长这么一说，我也感觉好像是，有脚从坡上没蹬住，滑下来的声音，就在我们吃饭的时候。那声音夹杂在我们的说笑和争吵声中，不仔细听，根本就听不出来，但回头想想，确实有过。我们的耳朵都尖。我问怎么办？他没说话，脸朝西边一转。我们俩就往西边走去……"

"脚蹬不住，往下滑……"延崇诚琢磨着邴志永的话。村部的瓦房后面紧贴着山坡。

"是。"邴志永说，"皮队长要是不说，我根本就没当一回事。"

"你们上西边，发现什么啦？"延崇诚又问。

"没发现什么。我们往西走了很远，还到哈满江家去过。那会儿哈满江还在家……"邴志永说。

"你们和他正面接触啦？"

"没。从窗子看见的。他家是玻璃窗，屋里点着灯。"

"没挂窗帘？"

"没。"邴志永有所悟，"他是故意麻痹我们？"

"如果他半夜出发，天亮以后就到了贝城岛南岸，走早了没用。"延崇诚神情严肃起来，"可是你们，回来为什么不跟我说，说你们去干什么啦？"

"我以为，皮队长先回来的，他能向你报告。没报告的话，就是不想让你分心吧。反正也没发现什么。"邴志永说，又解释，"我回来晚了一步，是……"他抬了抬几天前崴了的那只脚。

"那么，哈满江是怎么知道，敌人占领了安河和贝城的？如果不知道，他怎么会上贝城去报信？"

邴志永正待摇头，邢家发说话了："区长，肯定是我们吃饭的时候，有人说话说漏嘴了，而那个哈满江，当时就趴在后窗附近，偷听到了……"

"说漏嘴啦？"延崇诚极力回忆当时的情景，"谁说什么啦？"

"说过。"邢家发很肯定地说，"有人非常担心，说敌人已经占领了贝城，不知道蔡大姐怎么样了……"

"有人这么说过？"延崇诚惊问。

"原话不一定是，意思差不多。"伊翎韵也想起来了，"什么'前脚走''后脚到'的……"

延崇诚如遭雷击，看着死去的皮立巍，浑身战栗，鼻子抽搐，两行热泪流了下来。

"我们太大意了，应该安排人，加强警戒，看住重点人，盯住像哈满江这样的顽固分子的一举一动……"延崇诚自责不已，"都怪我，都怪我啊！怪我太麻痹了……"

那天本来是放了哨的，在院子里外溜达，吃饭的时候，延崇诚让哨兵回来一块儿吃。

谁能想到，就一顿饭的工夫，被哈满江钻了空子。

"可是，哈满江朝皮立巍喊话是什么意思？"邴志永仍有疑问。

邢家发说："一定是哈满江知道了，那个连长，是皮立巍的哥哥，给他递个话，不想让他死……"

"他可以解释啊，为什么要自杀？"邴志永仍旧不解。

"我们都怀疑他，他哥又是那么个身份，哈满江又在喊他，他解释得清楚吗？……"延崇诚悲愤地看向邢家发，"关键是你那一'诈'，压得他喘不过气来，还有你！——"延崇诚怒向伊翎韵，"你看见他给敌人发信号了吗？咱们都在屋子里，他什么时候给敌人发信号啦？又是怎么发的信号？……"

伊翎韵痛苦地垂下头："我……也是诈他的……我觉得他，

今天特别反常，情绪波动很大，尤其是在山上，看见敌军的时候……"

延崇诚脑海里瞬间回放了当时的情景："那是他认出来了，敌军连长是他哥……"

邢家发感慨："这小皮，承受了多大的心理压力啊！"

"他认出了自己的哥哥，惊愕吧？难受吧？从山头，到山洞，到这里，一路折磨着他，你们两个又轮番'诈'，他更是无法承受，哈满江又一喊，成了压死骆驼的最后一根稻草……"

"他为什么要站起来？是给敌人当靶子？"邢家发还是不解。

"为了省一颗子弹！"延崇诚叹道，"他无法解释，要以死明志，又不想浪费子弹，只有选择死在敌人的枪下……"

"这个皮立巍，晕船的时候，无精打采的，没想到还这么有血性。"邢家发深深地为"诈"皮立巍而愧疚。

"我们为什么都怀疑他？为什么？……"延崇诚说着，眼泪又流了出来。

屋子里的人都沉默不语。

突然，伊翎韵像发了疯，朝地上狠狠地摔了枪："我差点儿把枪口对准了他，要不是没有举起来，我就可能先开枪了。啊！——"

她扑上去，抱起皮立巍，放声大哭："皮队长！皮立巍！我误解了你，我们都误会了你！你没长嘴吗？你不会说吗？

你怎么能做蠢事啊！……"

嘴角挂着一抹痛苦表情的皮立巍，再也听不见了。

"准备战斗！"延崇诚扒开伊翎韵，看着众人，咬牙切齿道，"哈满江，决不能放过！"

<h2 style="text-align:center">四</h2>

敌人已近在咫尺，生死攸关，不容犹豫。延崇诚的脑子里翻江倒海。自己死不足惜，不能都搭进去。可是在四面环海的尖山岛，往哪里撤，往哪里躲？

延崇诚说："邴班长，我守在这里，你带领他们——"他指着伊翎韵、邢家发、小谷子和几个战士，"从后窗突围！能逃出几个是几个！快！……"

"我不能走！"伊翎韵从地上捡起皮立巍的驳壳枪，枪柄上仿佛还留有余温，"我已经犯下大错，我得亲手杀了哈满江！邴班长，你们快撤！……"

邴志永说："谁都能撤，我不能撤！"

"胡闹！这都什么时候了，"延崇诚又气又急，"邴班长！服从命令！把他们几个，带走！"

"我不走！我的命令也是命令！"伊翎韵说，"我现在不是以区妇女主任的身份，而是以一个老八路的身份，命令邴班长，保护区长、邢会长他们，撤出这座房子！快！……"

邴志永说："你们撤！我留下！"又向战士们下令，"你们留下一个人，协助我！其他人，都走！……"

"我留下！"

"我留下！"

"我留下！……"

战士们都是一副视死如归的神情。

第 十 八 章

大火

一

一阵机枪扫射。守在门边的两个战士中弹了。

"快趴下！"延崇诚大喊。

子弹横穿，空气中的"啾啾"之声不绝于耳。延崇诚他们以锅台和炕墙做掩体，瞅准机会向外射击。

邢家发从地上捡起一支步枪。

小谷子也捡起一支步枪。

都没有多少子弹了。

外面是密集的枪声。从屋子里打出去的，只是零星的点射。不时传来敌人的惨叫声。

有两个敌军端着长枪踹开门，正欲射击，被伊翎韵连开两枪，全部毙命。

外面枪声大作。敌人嘶叫着，却不敢盲目靠近。

"大家分散！即使突围不出去，也要分散敌人的力量！"延崇诚计算着自己枪里还剩几发子弹，"现在，子弹就是生命！要瞄准了打……"

"把敌人引开！"郏志永朝邢家发说了一句，率先奔向后窗，又回头，"区长保重！"

屋后的土坎也被敌人占据。土坎往上不再有人家，是一面布满坟墓的山坡。邢家发、郏志永以窗口两侧的墙壁做掩体，朝后射击，压住敌人的火力。几个战士趁机跳出窗户，向西引开敌人。邢家发和郏志永也趁机跳出。他们冒着横穿的子弹，弓着腰，沿着排水沟边射击边移动。

屋内，小谷子仍举着枪，从窗口向外射击。一颗子弹飞来，"啾——"伊翎韵起身推了小谷子一把。

小谷子身体一歪，伊翎韵中弹。

她手一抬，射出了一颗子弹！

外面一声惨叫。

"翎韵姐！……"小谷子哭着扑上去。

"小谷子，你很勇敢！……"伊翎韵仍然紧握着枪，身子却不由自主地倒了下去。

"翎韵！翎韵！……"延崇诚抱起伊翎韵软塌塌的身体。

"崇诚……我本来想……"

"我懂！你要挺住！等到革命胜利……"

"可是……"伊翎韵的脸庞因痛苦而扭曲，却依然浮现出美丽的笑容……

"翎韵！翎韵！……"

"要奋斗，就会有牺牲……"伊翎韵断断续续地说。

"为革命，随时准备牺牲自己……"延崇诚接道。

伊翎韵微笑着，在延崇诚怀里，慢慢合上了双眼。

这是延崇诚第一次抱她，却是在她生命最后的时刻。

延崇诚泪流满面，悲痛欲绝。他掰开伊翎韵紧握的右手，拿起那支驳壳枪，却发现，枪里已经没有子弹了。

刚才射出的，居然是这把枪里的最后一颗子弹！

延崇诚瞅瞅自己的枪。枪里还有一颗子弹，那是留给自己的。

屋里就剩下延崇诚和小谷子两个活人了。延崇诚推小谷子从后窗出去，让他赶快找邢会长他们……

小谷子离开后，延崇诚抓紧时间把随身皮包里的文件抽出来，点火烧掉。

"他们没有子弹了！抓活的……"哈满江试探着爬上前面那栋房屋排水沟后的土坎，狂喜地喊道。

"乒！——"延崇诚手起枪响。

"啊！……"哈满江一手捂着胸部，一手向前指着，口吐污血，倒地身亡。

延崇诚瞅着冒烟的枪口。这回是真的没有子弹了。

他拆解了枪支，想砸碎，却找不到更坚硬的物体。

这时候敌人蜂拥而来，喊着："捉活的捉活的……"

"我在这里！……"延崇诚打开大门，将空枪伸出，做出射击的动作，想让敌人开枪。

三个面相凶狠的敌军端着枪，迈着小心翼翼的步子，胆战心惊地朝他逼来。

"抓活的，十块大洋啊！"走在前面的敌兵，生怕被别人抢了头功。

延崇诚冷笑一声，关闭了屋门。地面有陈年枯草，烧文件时引燃了一些，火星还在蔓延。没有风，即使这栋房子烧成灰烬，也不用担心烧到附近的房子。时间紧迫，延崇诚抓起一把干草，扔到火星上。

火，熊熊燃烧，海草房着了，火苗直蹿，在屋笆上舔了一下，就盘绕而上。海带草本不易燃，但太干燥了，咸气早被雨水"透"净，轻飘飘的，点火就着。山坡上这座孤独破败的海草房，腾起灰色的浓烟和赤色的火焰。

敌军只能胡乱地朝火海开枪，却没有一个人敢冲进来。

二

延崇诚抱起伊翎韵，端详着她美丽安详的脸庞，庄严和神圣从心底升起。他们惺惺相惜，都明白自己的心，也明白对方的心，但都没有捅破。这能算相爱吗？斗争的残酷性，决定了他们只能暂时维持这种同志关系。

刚认识不久，有一天伊翎韵很好奇地问："区长，我怎么觉得你说话的口音，和我们山东沿海一带有点儿像呢？"

"是吗？"延崇诚倒没想过这个问题，自然也没有比较过，"哦，说起来，我们老家也是山东的，老辈人说是'山东家'，几百年前，我们祖上从'山东家'漂洋过海来到辽南。海岛上的很多人家，也是从山东来的，遇到风浪和海流，船就近在海岛靠岸，一看，好地方啊，就在海岛落地生根。我们祖上也是，船到了沙堆子，就算到头了，再往前就是陆地了，只能在那儿落脚。我们那个屯子，大半人家姓延。"

"我说的呢。"伊翎韵释然了，也高兴起来，"咱们还是老乡啊！"说着，大着胆子伸出手指，调皮地刮了一下延崇诚的鼻子，"老乡？嘿嘿！……"

延崇诚没有防备，脸腾地红了。

他忘不了那次接到家里来信的情景。是在夏天，他回家见了母亲一个月后，从安河寄来一封信，地址是沙堆子。他在贝城岛教学时接到过家信，信封上那歪歪扭扭的字体他非常熟悉。他正在看信的时候，伊翎韵凑了过来。

"看情书啊？"伊翎韵的眼睛闪着笑意，嘴唇却没来由地嘁了起来。

他急忙解释，是家信，母亲找人代写的。

"家书？'烽火连三月，家书抵万金'啊。"

"你还会古诗？"

"哪儿，就会这一句，是在革命队伍里学的。打仗嘛，经常转移，接到家书有多么不容易，真是'抵万金'。"

"你也接到过家书吧？"延崇诚问，心里也划魂儿，从没见过有伊翎韵的信函。

伊翎韵忽然脸色一变，缓缓摇头："我的家……"又凄然一笑，强作爽快，"没有啦！不说啦！"

没有啦？延崇诚不敢再问。

伊翎韵瞄一眼信封，说："字写得不错啊，比我写的强。又看着延崇诚，写信的人……是个女的？"

他脸一红，说："是一个屯里的，算邻居吧。"

"看你忸忸怩怩的，还不好意思呢！"伊翎韵笑道，"是青梅竹马？"

"什么呀！"他的脸更红了，"就是……小时候，一起玩耍。你们小时候，不玩吗？"

"玩啊！童年的时候，捉迷藏，就是趴猫儿，一个人躲起来，另一个人找……"

"我们是一帮人躲，另一帮人找……"他边回忆边说，"秋天，地里戳着苞米垛子，像一座座城堡，里面是空心的，我们就钻进去……"

"扯远了，说说这位……"她偷看一眼信的落款，"淑秀？"

"都是大人的想法，我没有，也不能……"他急忙分辩。

她轻轻地哼了一声："你是榆木脑子啊？"

"怎么啦？"

"你看，人家怎么写的？——等你……"

"翎韵，那不可能！"延崇诚急了，"真的不是。你看现在这形势……"

"形势怎么啦？"她抢白道，"打仗，就不谈恋爱，就不结婚啦？何况现在，仗打完了，小鬼子滚蛋了……"

"仗没有打完。你不知道吗？国民党军开始进攻中原解放区了……"他忧心忡忡。

那时候，内战刚刚爆发，很多人还不是很清楚。

伊翎韵听了这话，心情一下子沉重起来，嘴巴也不噘了，一转身，离开了。

他追了上去："翎韵！有好消息告诉你——我妈到村里工作了。"

"是吗？做什么？"她转过身来，满脸喜色。

"和你一样，是妇女主任。不过，你是区里的，我妈是村里的。你看这信——"

那天的情景，就像在眼前。

"打仗，就不谈恋爱，就不结婚啦？"咄咄逼人的口气。当然不是要他和淑秀谈恋爱和结婚。

后来延崇诚从副区长曾达成的嘴里知道，伊翎韵的父母在日本鬼子大"扫荡"中遇难，两个哥哥参加了八路军，作战勇敢，全都牺牲在抗日战场上。无亲无故的伊翎韵坚决要求参军打鬼子，替父母和两个哥哥报仇。组织上当然不能同意，一是她当时年龄还小，二是她成了孤儿，若再有个好歹，怎么对得起这个英雄的家庭？伊翎韵脾气很倔，追着队伍走，她说反正我也没有家了，八路军就是我的家！首长被她磨得没有办法，要送她到延安去学习。她说我也没念几天书，底子薄，学习恐怕不行，还是上战场吧！她像队伍的尾巴，甩

大火

不掉了……

曾达成用敬佩的口吻讲述伊翎韵的身世和参军经过，还说到她作战如何勇敢，轻伤不下火线。延崇诚对她更是心仪有加。

当然，伊翎韵会的古诗也不止那一句。文天祥的"人生自古谁无死，留取丹心照汗青"，李清照的"生当作人杰，死亦为鬼雄"，都在她后来说的话中自然而然地引用上了，使得延崇诚对她更加刮目相看。

只是，这两首诗中都有"死"字。

现在，伊翎韵在父母双亡、两个哥哥为国捐躯之后，也为了人民的解放，流尽了最后一滴血。

延崇诚如同万箭穿心，痛彻心扉。

抱着亲爱的战友，一起走向永恒，也是一件幸福的事吧？这么一想，他又感到非常欣慰。只是不知道老秦他们去毛口换粮，顺利吗？回来了没有？海盘车岛那边，是什么情况？

他又想到母亲。母亲在村里工作，以母亲的认真劲儿，肯定会被地主恶霸视为眼中钉。沙堆子离安河镇十里路，安河被敌军占领，沙堆子还会安全吗？母亲一定在牵挂着他，可是母亲的安危呢？……想到这些，他更是心如刀割。

他抱着伊翎韵，一步步走向火海，脸贴向伊翎韵的额头，含泪诉说："翎韵，我亲爱的战友！'为革命，随时准备牺牲自己'，我们做到了……"

炙热的火焰包围了延崇诚，火舌漫舞着，噼啪作响。延崇诚继续诉说："翎韵，我亲爱的战友！让我们在……在烈火中……永生！……"

这一刻，他是幸福的。

"老延！"

"没大没小的，我有多老？"

"反正比我老。嘻嘻……"

声音仍在耳畔，笑容犹在眼前……

三

火光冲天。延崇诚紧紧抱着心爱的人，在心里对邢家发、邴志永、小谷子等人说，我把敌人拖在这里，死死地拖住他们！但愿你们能够脱身，找地方躲起来，等着敌人离开……

延崇诚不知道的是，邢家发、邴志永和几个战士在土坎下向西引开敌人时，被敌人火力压制。他们子弹打光了，全都倒在排水沟里，鲜血染红了沟里的野草和泥土。

小谷子从后窗跳出，没走多远，回头看见火光，愣了，赶紧跑回来，从后窗跳进屋子，冲入火海。

"区长！老师！……"

延崇诚已被大火烧得衣衫残缺，脸上手上凸起水泡，浑身一股焦煳味。

小谷子不知哪来的力气，将延崇诚背在肩上，仿佛背着一团火。

大火

"放下我！……放……下……"延崇诚已经有气无力了。

小谷子踢开房门冲出火海，迎面就是敌人的枪口。

敌人被这一团巨大的火球惊得慌忙倒退，有的直接跌到土坎下面的排水沟里。

至此，区政府和区中队留在尖山岛的十几个人，除延崇诚和小谷子，其余全部战死，敌军也损失大半。

记载在《安河县志》里的尖山岛之战，至此并未结束。如果把这场战斗比作一场大戏，那么重头戏的帷幕才刚刚拉开。

第 十 九 章

激战

一

副区长曾达成坐镇的区政府交通船一路逆风，在海面划出"之"字形航迹，折腾到天大亮了才到达尖山岛北岸。

其时尖山岛上无声无息，北岸也没有敌人的汽艇，空气中弥漫着硝烟的味道。老曾和老那，都像雕塑一样，待在船上，不知所措。

"上岸吧。"曾达成说，"发动群众，搜山……"

县政府的尖头船也随后赶来。姜师傅、石大爷等人下了船，气喘吁吁追赶上曾达成他们。姜师傅说山头就不用上了，他们肯定不在。石大爷说山洞也不用看了……

上岸之后，人们发现崖下躺着一个人，已经死了。是傻子石德宝。

石德宝补丁摞着补丁的衣服摔破了，露脚的鞋掉了一只，嘴咧着，表情很痛苦。

石大爷非常震惊，石德宝怎么会死在这儿？是谁把他从山坡上推下来的，还是他自己失足摔下来的？

小秦和牛年抬着石德宝，从山崖下抬到山坡上。

石大爷说，等找几个人，就近挖个坑，埋了吧。

大家分头寻找。从西屯找到南屯，找到东屯，找遍了山坡。

邢家发、伊翎韵、邴志永和几个战士的遗体找到了。根据石大爷的指点，曾达成他们还在东山坡山洞上方的洞口旁找到战士小涂的遗体。非常奇怪，匪夷所思，他们搜遍尖山岛，没发现延区长、小谷子和皮立巍。问了当地群众，都说不清楚。

延区长他们还活着？

曾达成他们怀着十分沉痛的心情，在当地群众的协助下，选择尖山岛东坡的高处，殓葬了烈士的遗体，并在每个坟包上做了标记。曾达成说，将来，要在这里建一个烈士陵园，让人们永远铭记、永远缅怀牺牲的烈士们。

区中队的人全体脱帽，向烈士致哀。

他们心里都很清楚：延区长、小谷子和皮立巍，一定是被俘了。

敌人会把他们押到哪里？肯定是安河方向。敌人的汽艇就是从那里开过来的。曾达成的心情更加沉重了。

山坡上，十几具敌人的尸体已被草草掩埋。曾达成又下令战士们挖坑将其掩埋，包括哈满江。

这时候已太阳高照，海面铺满金色的光芒。以他们两艘木帆船和二十几支长短枪，前往贝城或安河解救延区长他们是不现实的。

大队人马集中在村部。曾达成让渔民小秦去北坡通知惠安海船长，两艘船全部驾到南屯待命。

"不去贝城？"禹平问。

曾达成摇头："先在这里住下。"他独坐在村部院子里风呲楼底下的石墩上，望着海面，愁眉不展。

二

隐隐约约，海面传来马达声。

曾达成让那光涛安排好岗哨。大家都在村部的瓦房里休息。姜师傅和石嫂、蔡大姐几个忙着做饭。姜师傅说："前天做饭的时候，小伊还当帮手哩。"

"真没想到，伊主任年纪轻轻的，唉！"蔡大姐痛心地叹了口气。

院子里，曾达成焦急地东张西望，还没等来两艘木帆船，就听到了若隐若现的马达声。

是不是敌人的汽艇又回来啦？

在屋里休息的区中队战士们也听到了隐约的马达声，都机灵地起身，抓起枪支。

那光涛说："不用慌，船还远着呢，是不是朝这边来也不一定。"

那光涛到院子里陪同曾达成向海面张望时，曾达成已经判断出声音的方向。

曾达成说:"是从毛口开来的。"

石大爷也被马达声惊动,走出屋子,对曾达成说:"村长老秦他们上毛口换粮,三天了,还没回来……"

说话间,西边的海面出现了一只白色汽艇的影子。

"准备战斗!"中队长那光涛立即下达命令。

战士们闻令而动。

"稳住!"副区长曾达成目测汽艇与尖山岛的距离,"要打,就全部歼灭!来多少消灭多少!"

"那是自然。"

"得研究个方案——"曾达成说,"敌人一旦被惊动,汽艇开跑了,我们就没招了。"

曾达成当过副营长,老那是老曾手下的连长。在战略战术方面,那光涛佩服曾达成,也很尊重曾达成的意见。

"敌人来了,给了咱报仇的机会。"那光涛摩拳擦掌,"你说怎么打,咱就怎么打。"

汽艇咕咚咕咚犁开波浪,朝尖山岛方向开来。

"敌人从毛口来,很可能并不知道岛上的情况。"曾达成分析。

那光涛说:"我看也是。如果他们知道区中队在岛上,借几个胆子,他们也不敢来。"

"敌人也肯定不知道,延区长他们来过,不知道尖山岛上发生过血战。"

那光涛的眉头拧成了麻花:"可是,敌人来干什么呢?"

"这也正是我在琢磨的问题。"曾达成也觉得不可思议。

石大爷说:"指定是鲁宝山干的!上次你们来,鲁宝山跑了,一定是逃到了毛口!这次,指定是他把敌人引过来的。"

那光涛一拍大腿:"太有可能啦!"

小秦从北坡赶了回来,见此情景,担忧地问:"会不会,村长被他们抓住了?"

石嫂生气地说:"小秦你个乌鸦嘴!"

曾达成问小秦:"船呢?"他担心船被敌人的汽艇从海上截住。

"从东边,海蜇湾那儿绕,还得一会儿才能过来。"小秦说。

姜师傅见战士们都抄枪在手,含着烟袋从屋里出来:"是不是,延区长他们有消息啦?"

"姜师傅,把烟磕了!"曾达成说,"有敌情!"

姜师傅急忙抬脚,烟袋锅朝鞋底磕去,磕掉没有抽完的烟末连同火星。没想到又要和敌人遭遇。

当时,曾达成他们并不知道,就在敌军占领毛口之后,毛口以西的鱼仙岛、果皮岛等几个村级小岛先后发生惊天血案——逃亡毛口的地主恶霸勾结敌军,前往各岛杀害村干部,建立反革命的政权组织。他们穷凶极恶,丧心病狂,实施了长达数月的白色恐怖,直到翌年春天,东北民主联军收复安河和毛口。

三

村部的房子位于半山腰以下，海拔高度五十多米，由那道著名的"撅尾巴坡"通向海沿的小石坝。敌人的汽艇要靠岸，只能在小石坝停靠。

那光涛急得直搓手，说："晚了，现在到海边埋伏，来不及了。"

大队人马从山坡下去，肯定会被汽艇上的敌人发现。

曾达成稳坐钓鱼台，把自己的计划简要说了。

那光涛想了想说："这个办法好。"他看了看村部院子前后的地形，命令战士们火速分散隐蔽，锅灶的火也赶快灭掉，不能让敌人发现村部有人。

从村部的窗口，能看见敌人汽艇在海面航行。汽艇靠近岸边时就进入视线的死角。老曾和老那趴在院子前面的一堵矮墙后，观察敌人的一举一动。

白色汽艇靠岸了。鲁宝山率先跳下船，站在小石坝上，狂妄叫嚣："穷小子们，老子又回来啦！"

村长老秦和几个跟船去毛口换粮的人被捆绑着，从舱里押了上来。他们到了毛口之后才知道，国民党军已经占领了那里。当即返回已经不可能，退潮，船搁浅了。再说一船鱼虾海货拉回去就全都变质了，岛上的人还等着粮食下锅呢。老秦他们并不知道鲁宝山躲藏在毛口，并且已经掌握了他们到毛口换粮的规律，活汛潮，隔几天就会来一次；死汛潮不会来，一是潮退得小，没有多少鱼虾海货，二是毛口港水浅，不利于船舶靠港和起航。国民党军占领毛口镇，开始大肆征粮，粮市鸡飞狗跳。鲁宝山领着一个班的敌军，很容易就在粮市上抓到老秦他们。

曾达成分析得对。敌人并不知道延崇诚他们来过，也不知道安河方面的敌军来过又离开。鲁宝山求见国民党军官，说已经捉了尖山岛的村干部，要回到尖山岛，召开群众大会，当众枪毙，起到威慑作用，同时建立党国政权……

敌军荷枪实弹、耀武扬威地在小石坝上列队，向山坡走来。敌军一个排长级别的军官挥舞手枪，指挥士兵向山坡上爬。鲁宝山穿着黑色风衣，戴一顶黑色礼帽，走上山坡时体力明显不支，拄着拐棍在坡边慢走，让士兵们先上。

这些敌军士兵，没有谁爬过这样的陡坡，还没爬到一半，就都累瘫了，又不敢席地而坐，一个个拿枪当棍拄着，张开大口，喘个没完。

村长老秦他们几个被人推搡着，落在后面。那几个推搡的人，是跟随鲁宝山一同逃走的狗腿子。

这场战斗没有任何悬念。待所有敌军全部堆积在陡坡上，攀登一步都费劲时，中队长那光涛下令开火。火力并不猛，两把匣子、二十几支步枪，几番点射，坡上的敌军就哭爹喊娘，滚的滚，爬的爬，人摞人，血染坡，村部前面这条"撅尾巴坡"成了名副其实的"滚坡"，不光是伤者，连同死人也都从坡上滚了下去。死人滚到半程不动了，横躺着，后面的人从死者尸体上滚过，一直滚到坡底还意犹未尽，有的滚到了从沙滩延伸到海里的坞道铁轨上，直接被海水淹没。二十多个敌军死伤大半，剩下的缴械投降。

禹平没有武器。在山坡上搜寻、掩埋烈士遗体时，他就想找到一支步枪。可是没有。敌人把所有武器都拿走了。"撅尾巴坡"上激战开始后，禹平急不可耐，几次探出脑袋，想看看死伤的敌人留在坡上的枪支在什么位置。这么激烈的战斗，他成了旁观者，说起来是很惭愧的事。他爬起来，冲着半山坡的那支步枪大步迈去。他以为敌人已经丧失了战斗力，不会还击。他打算拿了枪就地卧倒，以敌人的尸体做掩体，更近距离地向敌人射击……

曾达成没有想到禹平会一跃而起。战斗胜负已见分晓，用不着冒险。他发现禹平跃出掩体时，为时已晚。他眼睁睁地看着禹平拿起了一支步枪，刚端起瞄准，还没有扣动扳机，就身子一歪，倒在了敌人的尸体旁边，枪被甩了出去，在坡上滚了几滚，不动了……

四

那光涛看准了向禹平射击的那个敌军，手枪的射程不够，他从身边一个战士手中夺过步枪，瞄准那个正扬扬得意的敌军，将其一枪毙命。随即一声令下，区中队干部战士全部起身，如猛虎下山，顺路从坡上捡起敌人丢弃的枪支。奔到坡底时，有的战士肩上已经背了三四支枪。

敌军排长命大，因在后面督战，免于一死，但已经吓掉了魂儿。鲁宝山没有中弹，但被滚坡的敌军撞倒了，也跟着滚了下去，毕竟年老体弱，手中的拐棍朝天空指了一指，就一命呜呼了。

看押老秦他们的几个狗腿子，早就吓得魂飞魄散，赶紧解开捆绑老秦他们的绳索，跪地求饶。

汽艇上只剩两个持枪看船的敌军和几个驾驶人员。敌军主动缴械。驾驶人员愿意听从吩咐。

有汽艇了，有新缴获的武器，战斗力大幅度提升。曾达成留下本来就在尖山岛居住的石大爷、小秦、石嫂等非战斗人员和区中队一个班的战士，让他们把禹平的遗体抬到山上，埋到郏志永、邢家发等同志的旁边。其余人马全部登上汽艇，包括蔡淑媛。

目标贝城岛。

汽艇绕过尖山岛西侧，向北转头，朝横亘在遥远海面的贝城岛疾驰而去……

第 二 十 章

丰碑永立

一

押解延崇诚的汽艇开回贝城岛，在南岸登陆。延崇诚被担架抬下船，放在沙滩高处。

皮立巍的遗体也被抬了下来。

延崇诚和小谷子被押往尖山岛北坡时，石德宝跟了上来，朝敌军冲撞，大声嚷着："放人！放人！……"

延崇诚生怕石德宝出什么意外，大声喊道："石德宝！快回去！听见没有？！"

石德宝不听，一个劲儿地冲撞横着枪阻拦他的敌兵。

延崇诚知道，石德宝一根筋，劝阻不了。登上汽艇时，他趁押解的敌兵分神，挣脱了，纵向跳入大海。

这自然早就在他的计划之中，只有到了海边才能实施。

早晨的海水，冰一样凉，延崇诚却有彻底解脱之感。死不足惜，他把命留在尖山岛，与牺牲在这里的战友们一道，护佑这方热土，没有遗憾了。

可能是他慌乱之中选择跳海的位置有问题，负责解缆的敌兵反应很快，在他落入海中澎起巨大浪涛时，手持挽篙，钩住了他的衣服。

敌军已全部登船，延崇诚浑身湿透，在被塞入热气蒸腾的机舱时，他朝山坡望了一眼，没有看见石德宝。转回头，大海汪洋，有帆船的影子在远处徘徊。

他不知道，在他跳入海中的刹那，石德宝惊呼一声，失足坠崖。

二

在汽艇上，敌军连长下到机舱，在轰隆的机器声中，和延崇诚对话。

"我弟弟是怎么死的？"

"要革命，就会有牺牲。这次，我们牺牲了好多同志！"延崇诚不卑不亢地说道，"包括你弟弟。"

"哈满江这个王八蛋！害得老子损兵折将，也害了我弟弟！……"

"哈满江是怎么跟你们报信的？"

敌连长摇头："是营长给我下达的命令。"

"你不知道，皮立巍在我们的队伍里？"

"听说过，但不知道他也在尖山岛。我这个弟弟，吃错药了吧。"

"我听你说话，不像是丧心病狂。"

"这叫什么话？我小时候，连一只蚂蚁都不敢踩。我弟弟也是……脾气大，胆子小。"

"你打过日本鬼子吧？"

"我父亲就是死于日本鬼子的飞机轰炸。我为什么不打日本鬼子？"

"你也枪杀过老百姓？"

"这……"

"为什么要打内战？为什么枪口对准人民？"

"上峰的命令，我不得不执行。"敌连长说，"事到如今，识点时务吧，虽说我们各为其主，但形势明摆着，谁胜谁负，已见分晓。你还这么年轻，不要执迷不悟了。"

"兄弟！我叫你一声兄弟，"延崇诚含笑说，"你也不要执迷不悟了。我们的事业是人民的事业，人民的事业是一定会胜利的。倒行逆施，注定是不得人心的！你要是能站在人民的一边，前途肯定会一片光明！"

"现实摆在这里，我怎么会弃明投暗？我劝你还是明智一些。啊？"敌连长最后这样说。

延崇诚非常惋惜。这个国民党军的连长，眉宇间有一股英气，倒和皮立巍有些神似。可惜，他站到了另一个阵营。

上岸之后，敌连长向上峰汇报，军衔更高的敌军官（就是敌连长口中的营长）来到延崇诚担架跟前，继续劝降，说了荣华富贵之类的话，并在海滩摆了一桌酒席，菜有猪肉海鲜，是敌人的汽艇上准备的。一天一夜没吃没喝的延崇诚冷笑一声，对敌营长说："别枉费心机了！还有什么招数，都使出来吧！"

附近村庄的群众被驱赶来，一些汉奸地主也夹在人群中，吴乐山的管家吴小鬼仍然戴着瓜皮帽，抑制不住喜悦。群众向前拥，想离延崇诚更近一些。敌军士兵横着长枪阻拦。

延崇诚咬着牙，从担架上坐起，积蓄了些力气，大声说："乡亲们，不要怕！反动派不得人心，只能嚣张一时，他们注定是要失败的！胜利，是属于我们的！……"

延崇诚双目炯炯地看向被强行阻拦的群众，朝他们挥了挥手。人群像一堵移动的摇摇欲坠的墙，有人被推倒在地，激起一片骂声。人群也像一波起伏不定的海浪，一会儿向前涌来，一会儿又向后退去。延崇诚仔细在人群里搜寻，有他认识的人，更多人没有见过。突然，一双惊恐的眼睛，在人群的内圈，目不转睛地看着他。

他的后背还背着一个四五岁的孩子。

延崇诚想起来了，这人是蔡大姐的丈夫。他对这个男人没有多少印象，也不知道他姓什么，但那个孩子，他见过。孩子的眼睛，也像那个男人一样惊恐。

蔡大姐的丈夫显然是认识延崇诚的，表情十分复杂，是要哭还没有哭出来，极力忍住的样子。也许他是想知道，蔡大姐被敌人押往尖山岛，怎么没有回来？现在在哪儿？

延崇诚多想告诉他，蔡大姐他们已经转移了，安全了。

丰碑永立

他朝那个男人微微点头，甚至带了一丝微笑，不知道对方能否领会他的意思。然后，他朝着这个男人，也是朝着大家，高声重复了一遍前面说过的话："反动派，不得人心！注定是要失败！胜利，是属于我们的！……"

敌军营长恼羞成怒："把他绑起来！押送团部！……"

负责抬担架的一个满脸胡子的老兵，同情地小声劝延崇诚："你这是何必呢？先把酒喝了，菜吃了……"面对一桌丰盛的酒菜，老兵喉结滚动。几个欲执行捆绑命令的新兵，眼睛也在酒桌上扫来扫去。

敌军营长说："吃吧！听说你们饿了一天多，别饿死在半路上……"

延崇诚在那个老兵的搀扶下艰难起身，摇晃着站稳。衣服已经半干，板结在身上，有些不舒服。他一步一步，踉跄着，走向酒桌。

荷枪实弹的敌军，弹冠相庆的汉奸地主，无辜的群众，上百双眼睛在盯着延崇诚。

延崇诚看着酒桌上的菜肴，对敌营长冷笑道："真是用心良苦啊！哈哈哈哈！……"然后抬起脚，朝桌子踢去。桌子翻了，酒水和菜肴洒了一地。

延崇诚最后看一眼惊恐的群众，振臂高呼："乡亲们，不要怕！胜利一定是我们的！……"

他迈开双腿，大步朝海边奔去，边跑边在心里说："翎韵，老邢，小郍，等着我！……"

"抓住他！抓住他！……"敌营长慌了。

敌军士兵也乱作一团。

延崇诚边跑边高呼："共产党万岁！毛主席万岁！……"

乒！乒！……枪声接连响起。延崇诚张开怀抱，朝着尖山岛的方向扑去。

群众的队伍里爆发出一片惊呼："延区长！……"

<h2 style="text-align:center">三</h2>

延崇诚倒下的瞬间，脸上绽放出灿烂的笑容。他的眼前仿佛不是白光闪耀的大海，而是开满鲜花的原野，伊翎韵正手捧鲜花，朝他迎来……

"翎韵！'为革命，随时准备牺牲自己'……"

他扑倒在沙滩上，离海边只有几尺远。潮水迎着他扑来，喧哗有声，仿佛是战友们的问候。

延崇诚的脸上，是从未有过的安详。

他看到，小谷子被敌军抓走，押送到安河，在监狱度过了几个月，直到安河再次解放。

他看到了自己的墓碑，立在贝城岛南岸，立在自己牺牲的地方，碑面正对着尖山岛：

安河县贝城区区长

延崇诚烈士之墓

（一九二一至一九四六）

安河县人民政府立

墓碑由浅灰色花岗岩石板雕琢。碑上文字的刻痕和碑的棱角相映生辉。

他也看到了立在尖山岛烈士陵园里伊翎韵的墓碑：

安河县贝城区妇女主任

伊翎韵烈士之墓

（一九二四至一九四六）

他还看到了邢家发和牺牲在尖山岛的战友们的墓碑：

安河县贝城区农会会长

邢家发烈士之墓

（一九〇〇至一九四六）

安河县贝城区区中队班长

郰志永烈士之墓

（一九二二至一九四六）

安河县委交通员

禹平烈士之墓

（一九二三至一九四六）

安河县贝城区区中队战士

涂乐乐烈士之墓

（一九二六至一九四六）

……

没有皮立巍的墓碑。他的遗体被运走了，烈士陵园里，留出了一块空白。

我们牺牲了那么多同志，可是皮立巍的死，让人难以接受。他也许会死，但决不应该是那么个死法。

不应该啊！

尖山岛烈士陵园选址在东北坡。那是一天中最早迎来太阳的地方，也是从贝城岛南岸能够望见的地方。他多想回到尖山岛，回到牺牲的战友们中间。可是，他只能遥望着那里，遥望着霞光普照、花团锦簇的山坡，和长眠在那里的战友们隔空交谈……

他还看到，在他牺牲之后，敌人建立了"乡公所""清剿队"等反动组织，反把倒算，镇压人民。吴乐山的堂弟吴小鬼，又"抖"了起来，当上了"乡长"，文明棍拄着，瓜皮帽戴着，长衫套着，耀武扬威，不可一世。

第二十章

丰碑永立

他看到了母亲，在得知他的死讯后，悲痛欲绝。

妈妈啊！

当然，他也看到了革命的胜利。敌人嚣张了不到半年，人民解放军击溃了国民党反动派的军队，解放了安河、毛口一带，贝城岛重新建立区政府，领导群众开展斗地主、分田地的土地改革运动，公开处决了部分罪大恶极的反动分子。吴小鬼们得到了应有的下场。

他看到了小谷子——谷向前——这名字还是他给起的——每年的清明，都到他的墓前祭拜，每次都痛哭流涕。延崇诚想告诉他，不要哭！只要人民能过上幸福的生活，我们的牺牲，是值得的……

他以墓碑的方式，注视着脚下的贝城岛和南面的尖山岛。大海汪洋，阳光普照，渔帆点点，鸥鸟翻飞，澎湃的潮水，永无止息。